綠屋虹霓

溫小平◎文　　林俐◎圖

我曾經住在山上的小小綠屋

溫小平

　　我喜歡搭火車，即使已經脫離通勤生涯許多年，依然無法忘情。

　　於是，當我造訪宜蘭或台東時，我一定搭火車，然後，經過八堵，快要抵達暖暖時，我會指著暖江（它是基隆河的上游）隔岸山坡上的二層樓小洋房，興奮的說，「那是我家，我以前住在那裡。」

　　雖然，隨著一棟棟高樓的興起，綠蔭圍繞的小屋看不見了，我依然可以明確的找到它的位置，甚至，許多夢裡，我常常回到小屋。

國一那年，我們一家從山下搬到山上，當時，山上只有兩棟小洋房，四周全是高矮參差的樹木，對山則是零星點綴的墳塋，山裡沒有其他人家，只有山豬、野雞或貓頭鷹的出沒，夜裡，則是微弱的路燈，昏黃的晃動著。

我每天走過山路、經過小橋，搭火車到台北城念書，然後，拖著疲倦的步伐，攀登長長的階梯，回家，轉彎處，就會嗅到媽媽的菜餚香，飄忽鑽進鼻間，心底玩著猜謎遊戲，今晚有何好菜？

下雨的日子，攀著窗沿望著暖江滾滾，擔心河水氾濫成災；颱風的季節，就著燭光燉煮著大鍋菜，耳邊呼啊呼的刮過狂風。

然後，當風停歇，我們就到暖江撈魚撈蝦，採擷著岸邊水薑花，踏著兩腳泥濘，小泥人似的歡笑一堆。

那是我生命中很重要的一段時光。

我的家，我叫他綠屋。

山上的人家、山上的動植物、山上的朋友……在在

令我懷念。

　　為了紀念這段時光，我寫下了《綠屋虹霓》，談的則是隔代教養的故事，而且把一年的節日穿插在其中，讓情節隨之起舞。至於山上的香草園則是我最近上香草課的心得。

　　我幼年有很長一段時日跟外公外婆一起度過，他們愛我比自己孩子還疼（因為我父親早逝），但他們並不驕縱我，他們的美好形象化身成主角小霓的外公外婆。

　　雖然外公外婆（或是爺爺奶奶）是代理爸媽，依然可以把愛傳承下去，就好像某些人小時候，必須跟爺爺奶奶居住，他們從爺爺奶奶或外公外婆身上，享受到不一樣的親情，甚至影響他們一生。

　　綠屋位在彩虹村的山腰上，小霓的外公外婆是綠屋的主人，小霓的媽媽未婚懷孕，爸爸不知去向，媽媽為了方便在城裡討生活，只好把小霓送回彩虹村。

　　小霓缺乏父愛，對人充滿防備心，不曉得誰是她的

朋友，只好把自己封鎖起來，單跟花草樹木、昆蟲魚鳥說話。

她可能變得快樂活潑嗎？她又能適應鄉下的學校嗎？在濃濃的敵意之間，她又能遇見好朋友嗎？

當外公外婆家隔壁搬來新鄰居──兩位大哥哥、一位小姊姊時，在小霓的生命中又掀起更大的驚濤駭浪，她暗戀大哥哥、討厭小哥哥、喜歡小姊姊，這家人又跟小霓發生何種糾結？

而彩虹村自從有了小霓入住，變得不再安寧，甚至登上新聞版面，有人甚至希望她趕緊搬離。可是，隨著一個又一個的故事發生，原本保守又自掃門前雪的村民，漸漸變得不一樣，讓彩虹村，真的很像彩虹村。

或許，你對出生充滿疑問，你為著家庭因素活得不快樂，你覺得自己好孤單，不妨看看小霓，如何打開心扉，擁抱世界擁抱愛，你會發現，心頭的陰影，一點點散去，你的心，好像雨霧後清新的笑臉。

目 錄

情人節的仙客來

放學後，同學還留在教室裡繼續上輔導課，小霓卻迫不及待衝出教室。只有她，可以在山上的野地裡到處亂晃。

這都要感激外婆的慈悲為懷。

外婆本來就不喜歡關在教室裡的學習，加上小霓剛搬到他們家，她正要開始適應一個全新的地方，過多的壓力，會讓她喘不過氣來。所以，外婆特別跟老師商量，不要硬把小霓留在教室，給她下課之後的自由。

這所國中位在山腰上，小霓雖是轉學生，卻很快愛上她的學校，主要是因為附近這座森林，樹與林、路與徑、池塘與小溪之間藏著許多寶藏，每天都有新鮮事，她想，自己一輩子也挖掘不完，這比課本裡翻來翻去就那幾頁的有限知識有趣多了。

她快速的穿過竹林，來到她喜愛的池塘邊，把書包扔

到草地上，坐在榕樹下略略凸起的岩石上，攤開剛剛
教過的課本，每讀一頁書，就數一遍池塘裡的蝌蚪。

似乎，今天又多了幾隻。

剛好是春天開始的季節，喜歡溫暖氣候的蝌蚪，一群
群在水裡游動著，有的是深褐色，有的是淺褐色，體型有
大有小，她仔細觀察牠們的變化與動靜，好像又
長大了一些，不曉得牠們什麼時
候會長出後腳來。

小霓最愛
觀察大自然中
有著超現實
變化的動物，就是幼年
和成年的模樣完全不同，例如
蝌蚪變成青蛙、毛蟲變成蝴蝶，彷彿有位魔術師，悄悄揮
動魔術棒，指著牠們說，「變！」立刻就變了，如同大地
隨著春天的步調也穿上新裝，等待赴春天的筵席。

她跟大蝌蚪說話，「喂！你們的老師今天有沒有教新的功課？國文老師好厲害喔！可以一口氣背完一首詩。」

她跟小蝌蚪聊天，「你今天心情好不好？我不太好，因為隔壁同學說我身上有怪味道，她不懂啦！那是香茅的香味，香茅可以用來燉湯、煮海鮮。」

說到這裡，小霓連忙摀住自己的嘴，「小蝌蚪，對不起，我不會拿你來燉湯的，我相信外婆對田雞、青蛙也不會感興趣的。」

村裡的人，看到小霓跟蝌蚪說話，以為她的精神不正常，但是她才不在乎。她相信，人類以前住在伊甸園裡，一定可以跟動物溝通，他們就像好朋友般相處，獅子不會咬人、犀牛不會踐踏人、毒蛇也不會偷襲人的腳後跟。

所以，整座森林就像她的樂園。她寧願花許多時間跟動植物相處，也不喜歡跟既麻煩又複雜的人類溝通。

突然，傳來一陣陣鐘聲，就像春風演奏小奏鳴曲，整座山林引起共鳴，「噹噹噹……」小霓知道，外婆正在提

醒她，準備回家了，她要跟山林說再見了。

這是她跟外婆之間的暗號，也是彼此間的默契。

自從她被媽媽送到外婆家以後，外公外婆跟她約法三章，他們不會嚴格管束她，或是逼她為讀書拚命，只希望她上課專心學習，每天都寫完老師規定的功課，她想到森林裡玩耍多久都可以，只要在聽到鐘聲時，記得回家幫忙外婆準備晚餐。

小霓知道，她如果不聽話、違規，就只好過回以前的生活，跟著媽媽到處搬家，住在狹小的套房裡，一廳一衛一房，別說是沒有個人隱私，夏天沒有冷氣，熱得長痱子，冬天的冷風呼啊呼，不曉得是太冷了起雞皮疙瘩，還是風聲太恐怖了，嚇得她汗毛直豎。

起初媽媽計畫送她到外婆家，她足足生了一星期的氣。之後被媽媽硬逼著搭火車轉公車來到鄉下的彩虹村，爬著長長的階梯通往山上的綠屋，她剛準備要開口抱怨累死人了，抬頭望見火紅一樹的鳳凰木，以及樹後面掩映著

的小屋，她立刻愛上了它。

她喜歡住在綠屋裡，兩層樓房，每扇窗戶可以看到不同風景，雖然她的房間不大，可是，她已經滿意得不得了，尤其是窗外一排排高瘦的木瓜樹，總是結實累累，提供他們餐桌上的青木瓜沙拉，或是水果盤裡的黃金色甜蜜木瓜。

唯獨不喜歡的，是住在隔壁的怪博士，他研究一堆奇怪噁心的東西，屋裡到處都是瓶瓶罐罐，裝著不知名的動物標本。有一回，小霓無意間闖入，看到牆壁上的動物骨頭、桌上血淋淋的動物屍體、掛滿窗口的乾燥花草……頓時毛骨悚然，好怕自己也會被怪博士抓個正著，塞進玻璃瓶、泡在福馬林裡變成標本。

怪博士大概是被她的驚聲尖叫嚇呆了，眼睜睜望著小霓跑走，卻沒有追上來。

此後，怪博士白天都是大門深鎖，經常半夜三更才開始工作，敲敲打打的，實在很吵人。可是，每當外婆要去

抗議怪博士，小霓都說沒關係，她擔心得罪了怪博士，對她沒有好處。

沒想到，怪博士發現可以治癌的藥草，突然聲名大噪，不斷有記者上門來採訪，彩虹村村長請他維持村裡的安寧，他自己也覺得不勝其擾，所以，決定搬到私人企業為他設置的實驗室去，以便專心做實驗。

目送怪博士離去，小霓反而有些捨不得，晚上少了怪聲音，她變得很不習慣，三不五十爬起床，走到隔壁的院子裡東張西望，以為怪博士會突然現身。

直到，她聽說隔壁要搬來新的鄰居，也就是今天，情人節的傍晚，她又有了另一番期待。

所以，不必外婆催她，她也準備早點回家，跟她的新鄰居見面。

揮手跟蝌蚪們再見，小霓興奮的說，「你們都有這麼多朋友，我一個人很孤單，希望我也會認識新朋友，要祝福我喔！」

※　　　※　　　※

　　小霓下山時經過的許多樹，旁邊都立著外公親手雕刻的木牌，上面寫著簡單的字樣，讓大家認識這些樹木屬於什麼科，有什麼特性。有些走山路回家的同學，因此也愛上這條路，甚至還彼此出題目考對方，這就是外公的用意，讓知識的學習變得有趣。

　　只不過這時候有的同學還在學校，有的已經搭車到山下補習，只有她默默的獨自在這條路上奔跑。

　　她對外公的印象很好，覺得他很偉大，放棄都市裡的教授工作，到鄉下學校教小朋友，雖然他有時候很嚴肅，學生很怕他，但是小霓知道，外公外冷心熱，只要看他對植物的愛心，就表示他心中充滿濃濃的愛。

　　而外婆更感人，抱持著嫁雞隨雞的觀念，也放棄總經理特助的高薪，跟著外公搬到鄉下，翻譯外文書或是自己寫書，過得十分愜意。

　　外婆最近種了一個香草園，培植各種香草植物，泡

茶、做料理，不斷的做實驗，希望能夠推廣香草。

她派給小霓的任務是幫忙拍照並且記錄，如果以後出書，也會掛上小霓的名字，而且，她也可以賺到屬於她的版稅。

是否真的可以拿到錢，小霓並不在意，只要能夠學到新奇的東西，她就做得很開心。於是，外婆跟她兩人合作無間。

離綠屋不遠，小霓就看到搬家工人把許多紙箱搬往她家隔壁，她就近坐在矮牆上，望著工人們陸續搬著家具，有一個單眼皮男生正在指揮家具的動線、擺放的位置，他看起來是大學生，應該是藍家的大哥。

另外一個雙眼皮男生，比較白，戴著一副黑框眼鏡，好像是個書呆子，他正在掃地，應該是念高中的二哥。

屋子裡坐在躺椅上撐著下巴的女生，跟她年紀差不多，應該就是藍家小妹。

太棒了，小霓在心底歡呼，走了一個老老的怪博士，

來了三個年齡相仿的玩伴，她的鄉間生活這下子肯定不會無聊了。

可是，他們的爸爸呢？

聽外公說，他們的爸爸經常兩岸飛來飛去，十分忙碌，所以，一家的照顧重任就落在大哥肩上。

那藍媽媽呢？外公沒有說，也許，藍家也有一個特別的故事。

只是，小霓在矮牆上坐了半天，故意咳嗽，或是揮動雙手，甚至擺動雙腳，他們都沒有跟她說話，而且，連正眼都沒有瞧她一眼，讓她十分失望，也有些生氣。他們應該知道，她坐著的矮牆就在兩家的院子中間，她百分之一百是他們的鄰居，他們卻不理她，太過分了。

她不想主動跟他們說話。嚴格說來，自從她搬到外婆家，她就很少說話，習慣用點頭或搖頭表示她的想法，外公外婆覺得這樣很好，他們跟媽媽說，「這樣家裡比較安靜，反正我們都怕吵。」

既然如此，她也不去打擾他們，讓他們安靜的搬家。

於是，她跳下矮牆，準備到廚房幫外婆的忙。

今天是情人節，外婆說她要做情人節大餐，祝福全世界的男男女女，都像她跟外公一般，那麼幸福快樂。

突然，藍家大哥叫住她，「小霓，你是小霓吧？我是藍海，以後請你多指教。」

跟她說話的藍海，長得像韓國明星，雖然是單眼皮，卻很好看。

她點點頭，跟他笑了笑，沒想到藍海的聲音這麼好聽，整座山裡都起了迴響。

「小霓、小霓……」的叫個不停，鑽進她的夢裡，鑽進她的心裡。彷彿她等待這樣的聲音，已經等了一世紀。

她的臉紅了，就像矮牆外悄悄綻放的野杜鵑，快快跑進門，上台階時，差點絆了一跤，惹得二哥誇張的捧腹大笑，她回頭瞪了他一眼。

藍湖卻說，「哇！眼睛瞪得像牛鈴，好凶的女生。糟

了糟了，我們遇上了惡鄰居。」

她討厭他，長得細細白白的，卻這麼粗魯，她決定不要跟他做朋友。

外婆的情人節大餐，所要表達的，就是讓情人開心的餐點，外公最講究環保，平常用山泉洗澡，廚餘做成堆肥。

於是，外婆把紅蘿蔔、馬鈴薯、洋蔥、高麗菜、美國芹菜都切成塊，放入水中，然後加入以迷迭香、奧勒岡、原生百里香、檸檬香茅、巴西利、鼠尾草等做成的香草束，以及小排骨，細火慢燉的熬煮成一大鍋香草蔬菜排骨湯。

小霓迅速的記錄著，一邊用數位相機拍照，忙得不亦樂乎。

接著，外婆又把紅蘿蔔、馬鈴薯、小黃瓜……削下來的皮，剁碎了，加上切碎的芹菜葉、羅勒……和入麵粉中，再調入雞蛋，做成環保蔬菜煎餅。

然後，又烤了好多以紅麴醃製的小雞腿，裝在盤子裡，屋子裡瀰漫著各種香氣，讓小霓的肚子不由的咕咕叫著。

　　她心裡納悶的是，家裡只有三個人，這麼多食物，怎麼吃得完？莫非還有神祕嘉賓，許久不見的媽媽，會帶她朝思暮想的爸爸回來？

　　如果是這樣，她只想見爸爸，不想見媽媽，看到媽媽，她的胃口就沒有了。

　　不等她問外婆，外婆已經猜到她的心思，「你很快就知道我邀請誰來享用情人節大餐了。」

　　「啾啾啾」的門鈴響了，他們住在山腰上，除了郵差，難得有人來，會是誰呢？

　　小霓興奮的衝過去開門，打開門一看，竟然是她發誓不要理他的藍湖，他的身後跟著嬌弱的藍溪，以及拎著一盒蛋捲的藍海。

　　萬萬沒想到，情人節大餐的特別來賓竟是隔壁的藍家

三兄妹。

外婆見到小霓一臉不悅，連忙說，「情人節，就是散播愛的日子，藍家三兄妹剛剛搬來，辛苦一天，一定肚子餓了，所以，我跟外公商量好，請他們一起過節，這樣不是很有意義嗎？」

藍海很有禮貌的跟外公外婆一鞠躬，「家裡還是一團亂，我只找到這盒蛋捲，是爸爸從香港帶回來的，一點小心意，謝謝你們。我可以叫你外婆嗎？」

「好啊！當然好！歡迎你們做我們的鄰居，也希望你們跟小霓做好朋友，一起享受山裡的美好生活。」

「沒問題，我會把她當作我妹妹一般。」藍海笑著說。

一旁的藍湖已經迫不及待的把一塊蔬菜煎餅夾進他的盤子裡，「好香喔！有媽媽的味道。」

藍溪卻紅了眼眶，啜泣著，「我好想媽媽。」

藍海拍拍藍溪，把她擁進懷裡，「小溪乖，不哭了，

媽媽看到會傷心的。快點吃吧！你看，這鍋湯多好喝、多鮮美，加了好多香草⋯⋯」

小霓好羨慕藍溪有這樣的哥哥，而她，只能默默低下頭，一口一口吃著餅，想念她從未見過的爸爸。

綠屋裡很快就充滿著笑聲，唯獨沒有小霓的。

種了一棵春天的樹

　　每個星期一，對小霓來說，都是痛苦的日子。

　　因為她的心還留戀周日的自由自在和快樂逍遙，這時她的身體就會賴床，不想離開床。

　　尤其是這個周日，外婆帶她到城裡的香草市集參觀：吃香草餐、喝香草茶、學做香草餅乾，她玩得十分開心，跟外婆說：「我喜歡星期天。」

　　可是，外婆卻說：「如果天天過這樣的日子，天天吃香草火鍋、香草披薩或是羅勒青醬麵，你又會覺得膩了。」

　　「我不會膩。」小霓搖搖頭，頗不以為然，就像外婆喜歡住在山上，也不會膩一樣。可是，外婆卻毫不留戀的逕自往公車站走，小霓只好乖乖跟著回家。

　　她在床上又翻滾幾次身體，眼睛瞄了一下鬧鐘，7點10分，快要早自習了。雖然學校就在山上，扣除刷牙洗臉穿

衣服，她再怎麼拚命跑，也已經瀕臨遲到邊緣。

帶著外婆清早做好的奧勒岡蔬菜鴨肉三明治，小霓深呼吸一口，決定邊跑邊享用三明治，免得冷掉了不好吃。

繞過藍家，門口靜悄悄的，三兄妹大概都出門上學了。她加快腳步，三步併作兩步登上石階，經過小樹叢，正要往斜坡衝刺，卻看到穿著和她同樣制服的女生倒在路邊。

只要過去探問，即使是一分鐘的耽擱，分秒必爭的她肯定會遲到，遲到就會受罰，然後放學就不能在山上逗留，回家不能看電視、故事書或是上網。

可是，她的心底深處卻有聲音呼喚她，不可以棄之不顧，因為這條山路，是一條捷徑，很少人經過，那到底是誰呢？她有不祥的預感。

小霓拍拍她的身體，撥開覆蓋她臉上的頭髮，竟然是藍溪！她怎麼會昏倒？平常她的臉比較蒼白，小霓一直覺得她可能生病了，可是外公勸她別去窺探別人隱私，她也

就沒有多問。

「藍溪？」小霓叫著她的名字，藍溪呻吟幾聲，緩緩張開眼睛，虛弱的說，「我要回家，我不舒服。」

「你自己回家？」小霓指指山坡下，還在做最後掙扎，希望藍溪不要耽誤她上學的時間。

「你送我回去好不好？」藍溪剛要坐起，又倒了下去。

看樣子，小霓今天注定遲到了，她怪自己不早點出門，這樣就不會遇上藍溪，但既然遇上了，總不能置之不理。

小霓左右肩各背著一個書包，然後，扶著藍溪一步步往下走。

這是小霓第一次踏入藍家，她觀看著周遭的布置，跟怪博士的截然不同，比較有家的感覺。但是，跟外公外婆家比起來，稍嫌雜亂些，畢竟是沒有女主人的家啊！

藍溪斜躺在沙發上，小霓用手比出電話的形狀，簡短

問她：「你大哥手機幾號？」

藍溪卻急忙揮手：「你不要打給大哥，打給我二哥，他比較近。」

可是，小霓討厭藍湖，不顧藍溪的要求，她照著電話機旁的通訊錄，撥給藍海。

藍海聽說藍溪昏倒了，沒有一點驚訝或著急，冷冷的說：「謝謝你，請你通知藍湖，我很忙。」隨即掛掉電話。

小霓滿腔熱情，卻被他澆熄，她好生氣，藍海怎麼這麼沒愛心，自己妹妹昏倒都不擔心！

藍溪苦笑一下：「他掛斷電話了對不對？對不起，我大哥就是這種脾氣，他討厭我這麼弱不禁風。你還是通知藍湖吧！」

藍湖在小河對岸的高中念書，接到小霓電話，他什麼話也沒問，只說：「我知道了。」

小霓不確定他是否會回來？只覺得這家人個個怪、個

個冷漠，似乎不想跟人打交道，深怕有什麼祕密被探知。

沒想到，藍湖竟然很快的趕回家，好像小霓手機剛掛斷，他就坐上飛天魔毯，咻的飛越小河，直奔家裡。

小霓不想跟他打照面，背起書包，跟藍溪再見。

藍湖衝進門，與小霓擦身而過，突然停下腳步，小霓以為他要謝謝她，未料，他竟然不分青紅皂白，罵了小霓一頓：「是不是你欺負她，害她跌倒了？村裡的人都說你鬼鬼祟祟，整天幽靈般在山上飄來飄去，不知道做些什麼。」

「我？」小霓抬起眉毛，望著藍湖黑框眼鏡下的眼睛，像兩窪混濁不堪的湖水，這人心機頗重，她不想跟他計較，也懶得辯解，只是更討厭藍湖了，發誓再也不管他們藍家的事。

藍溪拉著藍湖的衣袖，想要幫小霓澄清，小霓卻已經「碰」的一聲關上藍家大門。

　　　　　※　　　　　※　　　　　※

趕到學校，已經上第二節的國文課，江學志又像門神一般站在門口，不是遲到就是搗蛋，所以挨罰了吧！小霓說了「報告」，心卻懸著，老師抬起頭見是小霓，沒說什麼，叫她盡快入座。

李美彌憤憤不平的說：「老師，不公平，為什麼江學志遲到卻要罰站？」

呂棟彬則像唱相聲般接著說：「孟小霓是城裡人，她外公又是教授，老師怎麼敢得罪她？」

老師依舊維持原判，淡淡的說：「小霓剛轉學來，她還在適應，大家要有愛心。」

小霓鬆了一口氣，心裡卻頗同情江學志，她看看老師，老師似乎明白她的心意，對著教室門口說：「江學志，進來吧！晚上少打一點電動，就不會起不來了。」

午休時，老師把孟小霓叫去辦公室，問她為什麼遲到？小霓低著頭，想起藍湖那張冰冷的臉，什麼都不想說。

老師見問不出話來，只好提醒小霓：「你如果有什麼適應上的問題，可以跟老師說，如果有誰欺負你，你也不要隱瞞。記住，下次不要曉課了，如果再這樣無故遲到，我只好告訴你的外婆。」

走出辦公室，小霓回頭張望老師的身影，覺得很納悶，老師為什麼對她差別待遇，為什麼不處罰她？難道是外婆特別拜託老師？說她得了奇怪的病，所以同情她？

小霓真是看太多小說了，滿腦袋胡思亂想，可是，生病的應該是藍溪，不是她。

※　　　※　　　※

放學後，小霓興高采烈的趕去看蝌蚪，進入春天了，大多數都長出前後腳，很快會變態為青蛙。雖然就要跟這些青蛙朋友分手，有些感傷，小霓還是替牠們高興，短短時間可以脫胎換骨。不像她，在隱密的山居生活中，只能遙望她原來的世界。

小霓把書包扔在樹下，趴在池塘邊，用手掌遮住頭上

的光，在池水裡尋找她的蝌蚪朋友。可是，好奇怪，她把池塘的每個角度都看遍了，卻看不到一隻蝌蚪，難道眨眼間都變成青蛙？

不可能，才短短兩天不見，哪有這麼神速的。

到底出了什麼差錯？莫非是……她渾身發冷，心跳加速。順著池塘邊的泥土地，望向草叢，竟然發現一隻、兩隻……無數隻蝌蚪的屍體躺在草叢裡，是牠們想要爬出池塘，但無法適應陸地生活，所以死了。

可是，牠們明明還是蝌蚪的樣子，尾巴都在。難道，有人下了毒手？她氣得握緊拳頭，嘴裡發出怪聲。

意外的，她在草叢裡的小水灘發現一隻奄奄一息的蝌蚪，急忙把牠放進池塘裡，牠立即開始快活游動，看樣子，牠明明還是蝌蚪啊！誰是凶手？這池塘偏離山路，知道的人不多，是誰跟蹤她到此？是藍湖報復她欺負藍溪？還是……

小霓急於找人評評理，為她主持正義。連忙衝回家，

喘著氣跟外婆說：「蝌蚪死了。」

正坐在書桌前打電腦的外婆，安慰她：「應該是跳走了吧！不要大驚小怪。我正在翻譯書，晚餐前要把這一章寫完，你不要吵我。自己去寫功課吧！」

小霓嘆了口氣，外婆跟她約法三章過，除非是地震、下冰雹、或是火山爆發等大事，否則大人在忙碌時，不要吵他們。她只好自力救濟，拿著塑膠桶和網子，打算搶救最後一隻蝌蚪，免得又遭毒手。

她在池塘邊繞了幾圈，來回巡視，想找看看還有沒有存活的蝌蚪，卻發現揉皺的口香糖包裝紙，以及一張便條紙，她慢慢打開，紙條上寫著：「星期六上午10點，池塘見。」

這些字跡很熟悉，因為老師曾當眾誇獎過這個人，勸大家不要只顧著打電腦，都不會寫字了，應該學習她把字寫得這麼漂亮。

她忍住淚水，提著塑膠桶和僅存的一隻蝌蚪，以及搜

尋到的13隻蝌蚪屍體，準備帶回外婆家，舉行埋葬蝌蚪的儀式。

※　　　※　　　※

今天是植樹節，上課時，老師鼓勵大家種樹。

當時，她覺得滿山都是樹，多種一棵少種一棵，不會有人在意。所以老師說歸說，好像沒有同學想要種樹。

這時，小霓卻決定到後山找一塊空地，挖一個洞穴，把13隻蝌蚪逐一埋下。然後，剪幾枝百里香，分成幾小段，用扦插的方式，在蝌蚪四周種一圈百里香。

百里香的葉片很像眼淚，每一片都代表她的傷痛。在希臘神話裡，有人說百里香是維納斯的眼淚，特洛伊城被毀，維納斯就曾經流下眼淚。而小霓，則為了她心愛的蝌蚪，流淚。

這時，傳來外婆燉煮紅燒牛肉的香味，聞味道，肉裡好像加了茴香、月桂葉，還有百里香……可是，卻無法激起她的食欲，她彷彿也跟蝌蚪一起躺在土裡，死去，世界

的美與醜，她再也不想關心了。

　　驀地，眼前晃過好幾年前發生的情景，她一直不願回想，卻在此時躍入腦海，彷彿昨日般那麼清晰。

　　她念小一的寒假，過年前陪媽媽上街買菜，她想要買玩具，一個有著大頭小身體的布娃娃，媽媽說什麼也不答應。她不停問：「為什麼？為什麼不可以？她只要很少的錢。」

沒有說出口的是，她好孤單，她看不到爸爸，媽媽常常苦著臉，而小霓也沒有兄弟姊妹，可是，她不知道如何表達，只是跳著腳問：「為什麼？為什麼？」然後越哭越大聲。

　　周邊圍了許多人，好像幫她壯聲勢，甚至有人勸媽媽：「也不過是個娃娃，就買給她吧！要不然，我買了送她，多可憐，哭成這樣。」

　　「我——們——一——點——都——不——可——憐！」媽媽大聲喊著，把路人嚇到了，也把小霓嚇到了，她啜泣著被媽媽拖回家，才進她們住的套房，媽媽就趴在床上嚎啕大哭，好像整棟房子都在地震。

　　「媽媽不要哭！」換小霓勸媽媽了，「我以後不吵著要娃娃了。」

　　可是，媽媽卻抱著她說：「小霓，媽媽沒有錢幫你買娃娃，媽媽對不起你。」媽媽哭得歇斯底里，隔壁房客跑來敲房門抗議，媽媽才停止哭泣。

那天晚上，小霓半夜醒來，想要上廁所，卻看到媽媽躺在床上，一動也不動，她嚇壞了，以為媽媽死了，只能拚命叫媽媽，希望把媽媽召喚回來，卻忘了，她應該要打119求救。

後來，她哭累睡著了，醒來時，媽媽已經在廚房裡做早餐，一切彷彿都是惡夢，卻又那麼清晰。她沒有問媽媽到底怎麼回事，只是，心裡卻藏著隨時會失去媽媽的恐懼。

她小小心靈想著，她如果不愛媽媽，就不會因為失去媽媽而傷心。在那以後，她下意識裡跟媽媽保持著距離。

她不喜歡死亡，死亡卻總是離她這麼近；為了不讓死亡再度發生，她決定採取行動。

※ 　　 ※ 　　 ※

第二天上學，小霓沒有賴床，早早到了學校，直接走到蔡其珍面前，把揉皺又鋪平的紙條遞到她面前，一個字一個字清楚的問她：「紙條是不是你寫的？」

蔡其珍不明所以，瞄了一眼，神氣活現說，「是我啊！怎麼樣？你想怎麼樣？」

　　小霓即刻抓住蔡其珍的手，高高舉起她的手來，大叫說：「凶手，你是凶手，我要把你抓起來。」

　　大家很少聽到小霓說話，沒想到她吼得這麼大聲，呂棟彬一邊起鬨說：「原來孟小霓不是啞巴！」

　　老師得到消息，匆忙趕來，弄清楚事情原委，安慰小霓：「同學之間要友愛，不要動手動腳。只不過死了幾隻蝌蚪。」

　　呂棟彬也加油添醋說：「是啊！老師說得沒錯。我們打一個噴嚏，也會死很多細菌，你為什麼不生氣？你看你看，你剛剛走過山路走過走廊，踩死多少螞蟻多少毛蟲，你怎麼不抗議？」

　　「蝌蚪是我的家人。」小霓幽幽地說。他們不懂，小霓覺得自己根本是在跟外星人說話，地球人怎麼可能這麼冷血，更何況是票選第一名最適合居住的彩虹村？

蔡其珍冷嘲熱諷說：「當然囉！孟小霓沒有家人，她媽媽是小三，只好把蝌蚪當作家人。」

小霓的心臟頓時變成瘋人院，每根血管每條神經都在發瘋抓狂，她只能拚命忍耐、壓抑，她不能動聲色，免得同學更加疑神疑鬼。

她抬起頭來望著老師，再度退縮回她靜默的世界裡，只用眼神說話，老師感受到她的眼神中有太多的傷痛，立刻制止蔡其珍：「不可以造謠生事，要懂得彼此相愛。即使蝌蚪不是小霓的家人，你也不可以殘害生物。還有你，呂棟彬，你也一樣。喜歡惡作劇，也要有分寸。」

別人侮辱媽媽，小霓聽過好幾次，聽多了，連她也懷疑事情的真假。她問過媽媽，媽媽鄭重其事告訴她：「你是有爸爸的，只是我不想當他的太太。」可是，卻杜絕不了同學們悠悠之口。

為了這個緣故，小霓不斷跟同學打架，媽媽只好帶著她轉學，一轉再轉，她告訴自己，彩虹村是她最後落腳的

地方，她不要再逃避了。

　　為什麼想像中充滿溫暖的彩虹村，也住著這些渾身帶刺的仙人掌家族？

　　小霓呆呆的坐在椅子上，緊抓著書包的背帶，準備離開教室，就像蝌蚪離開池塘一般。如果學校裡都是這樣的同學，她為什麼要上學？當山上不再有她喜愛的朋友，她為什麼要留下來？

　　出乎意料之外，調皮搗蛋的江學志突然站起來說：「孟小霓，加油。」

　　還有人也在教室一角小聲應和說：「孟小霓，加油！」

　　聲音不大，至少有人支持她。

　　她彷彿看到後山的百里香，一株株生出根來，要在這片土地裡尋找生機，然後，一棵棵發旺，迎風招展。

　　小霓現在終於明白老師要他們在植樹節種樹的道理，那就是在一塊看似貧瘠的土裡，種下希望。只要努力往土裡尋找養分、水分，再微小的生命，都可以活下去。

唱一首天上的歌

小霓搶救唯一的一隻蝌蚪變青蛙之後，只在綠屋的後院叫了幾聲，隨即消失蹤影，小霓找了許久，都沒有牠的下落。

死去蝌蚪墳上種植的百里香，經過春天的幾場雨，得到適度的滋潤，發出許多嫩葉，小霓喝著用百里香泡製的茶，在淡淡的香味中，思念蝌蚪，祝福青蛙。希望青蛙可以找到牠的伴侶，然後生出許多小蝌蚪，這樣，她又可以到山裡的池塘，與牠們快樂相遇。

小霓在外公的書房牆上，看過一幅書法，寫著「忘記過去，定睛現在。」她問外公那是什麼意思？

外公說：「就是忘記已經發生過的事情，例如考第一名或最後一名，不管是好是壞，都已經過去了，應該想想以後你該怎麼努力。」

當時，外婆還在一旁加注說：「那是你外公第一次

戀愛失敗時，寫給自己的話，也就是只看現在在他身旁的我，這才是最真實的。」

外婆說完，還深深的看了小霓一眼，好像暗示她，不要在意媽媽的過去，而是定睛在媽媽現在如此愛她。

她不明白，媽媽真的愛她嗎？媽媽可以只顧自己的生活，把她丟在外婆家，讓她被同學羞辱嗎？可是，若要她離開外婆家，她反而要考慮一下，似乎，外公外婆愛她多一些。

先不管媽媽的事，她現在要學習不去牽掛青蛙，要在山上重新尋找吸引她目光的事物，讓自己快樂起來。

當她聽到小鳥在樹上跳躍、鳴叫著，不停變換樹枝棲息、揮動翅膀，她也學習小鳥叫著、唱著、跳著，山谷裡起了回響，讓她的歌聲變得立體，分外好聽。再加上，同學們早已陸續下山回家，根本沒人聽到她唱歌，也不會有人批評她，她愈唱愈開心，彷彿用她的歌聲代替說話，唱出她對青蛙的愛，唱出她所有的心情，甚至自己編著歌

詞，隨興亂唱著。

　　她在山裡唱、在家裡唱，外公忍不住誇獎她：「小霓，你的歌聲不輸給大歌星喔！」邊跟外婆說：「小霓可以唱上網路，讓全世界都聽到。」

　　外婆抬起頭問外公：「你是說錄下小霓的歌聲，放到YouTube上，讓大家點閱，如果紅了，就可以上電視，像小胖一樣灌唱片？」

　　小霓嚇壞了，連忙揮手：「不要，我不要！」她只是覺得唱歌很好玩，沒有想這麼多。

　　外婆也說：「對嘛！你外公就會亂出主意，小霓自己唱得開心就好了。我說，小霓啊，後院的木瓜結了好多，你想想看，青木瓜除了涼拌沙拉，還可以做什麼料理？」

　　料理是外婆的興趣，剛開始，小霓幫忙拍照、記錄，也做得很起勁，可是，不曉得為什麼，漸漸的，熱情就變淡了，但她不敢告訴外婆，擔心外婆生氣，會要她回到媽媽身邊。

她坐在前院的藤椅上唱著歌，只見頭頂的葡萄藤長出綠葉，可愛的小卷鬚輕輕卷著外公用細竹子編織的網，很快的就會織成一片綠網，白色的雲朵從網外飄過，增添另一種飄逸。「青木瓜除了涼拌，還可以做什麼？」她胡亂想著，春捲、蒸肉、水餃、炸木瓜酥……

　　正想著，藍湖按響她家門鈴，小霓開門看到是藍湖，就想到她上次救了藍溪，卻被藍湖誤會的事情，以為他又來找碴，表情不怎麼友善，冷冷問他：「什麼事情？」

　　「嗨！小霓，你好，彩虹村正在發起彩虹門運動，每一家都把自己的大門漆成不同的顏色，就像愛爾蘭的首都——都柏林那樣。因為我們住在綠綠的山上，我家想要漆成黃色，你們家想要漆成什麼色？」

　　小霓本來想說「關你什麼事？」可是，又覺得自己太沒有禮貌，她不想跟藍湖一般見識，於是，點點頭，表示她知道了。

　　「喂！你為什麼不說話，我聽到你在山上唱歌，說話

跟唱歌差不多，應該不難吧！你是不是還在生我的氣，對不起！」

小霓看他很有誠意，正準備接受他的道歉，沒想到，藍湖鞠完躬一抬頭，竟然撞到小霓的下巴，害她的牙齒咬到舌頭，痛得她「哎喲！」一聲，摀住嘴巴，感覺口腔裡一股血腥味。

他倆好像注定是仇人，她氣得把藍湖推開，用力關上斑駁的綠色大門。

※　　　※　　　※

音樂課時，老師宣布，學校準備遴選國一學生當合唱團預備團員，接受訓練，升國二時剛好參加全市的音樂比賽。

喜歡唱歌的同學個個躍躍欲試，從4歲開始學鋼琴的蔡其珍興奮的說：「我等了好久，這個機會終於來了，我希望可以擔任伴奏。」

曾經在小學得過全校歌唱比賽第一名的呂棟彬，更是

神氣活現的說：「以我的紀錄，根本不必參加甄選，搞不好，老師還會求我參加呢！」

大家七嘴八舌之際，小霓也填好報名單，交給老師。蔡其珍立刻撇下嘴說：「跟這種人一起唱歌，簡直是我們的恥辱。」

李美彌在一旁加油添醋：「你放心，孟小霓根本選不上，只要聽過她在山上唱歌的村民都說，最近山上發現許多毛沒長全的雛鳥死在地上，就是被她的歌聲嚇得掉出窩裡摔死了。」

呂棟彬舉手發問：「老師，有沒有名額限制？」

「當然有啊！誰的歌聲有感情有潛力有和諧度，獲選的機會就比較大。」

直到下課，班上還是吵吵鬧鬧，圍繞著孟小霓該不該報名、會不會選上的話題打轉。

江學志力排眾議，支持孟小霓參選：「反正是公平競爭，誰有資格，誰就選得上，到底孟小霓唱得好不好，

老師比我們專業，你們不要這麼心胸狹窄，想要集體封殺
她，難到是你們害怕自己落選嗎？」

　　江學志這麼一說，大家安靜下來，深怕被別人聯想為
膽小一族，上廁所的、喝水的，各自散開。江學志走到小
霓面前，像過去一般說：「孟小霓，加油，用實力證明你
的能力。」

本來覺得獲不獲選都沒關係的小霓，就因為大多數人看扁她，她更是加倍努力，回到家裡，打開電腦，找出學校歷來音樂比賽的歌曲，民謠、流行歌、藝術歌曲、宗教歌曲，例如：〈茉莉花〉、〈天頂的星〉、〈滿江紅〉、〈奇異恩典〉……，戴著耳機，跟著音樂不停地唱。

　　外公外婆也沒阻止她，外公還特意跟她說：「過幾天就是音樂節，你知道音樂節的由來嗎？音樂節跟民族掃墓節是同一天，都是4月5日。黃帝時代，因為蚩尤作亂，黃帝跟蚩尤展開大戰好幾回合，可是黃帝的軍隊始終過不了漳河時，黃帝就請樂師作〈渡漳之歌〉，要軍隊大聲合唱。果然，全軍士氣大振，一鼓作氣殺過河去了。另外，對日抗戰的時候，音樂界人士也創作出許多激勵士氣的愛國歌曲，因此，政府為了紀念黃帝作樂和音樂界人士的愛國，訂定4月5日為音樂節。所以啊，音樂的力量很大，你就好好唱吧！」

　　小霓以為音樂只是隨口哼哼唱唱，原來，還有這麼多

用處，她也要讓音樂改變她的人生態度。

外婆則叮嚀她說：「雖然我們住在山上，還是要小心避免吵到鄰居，記得關上房門，降低音量，還有，要先把功課寫完。」

因為戴著耳機，唱得又盡興，小霓根本沒意識到自己唱得多大聲，唱啊唱的，唱到深夜，她的窗外突然有個披頭散髮的腦袋，不斷碰撞玻璃，「有鬼。」嚇得她拿下耳機，這才聽到有人正敲打她房間的牆壁，還隱隱約約傳來叫聲。

她連忙拉開玻璃窗及紗窗，原來，窗外晃來晃去的是一支拖把：「是誰？裝神弄鬼？」驚魂甫定的她大聲喝問。

房間正好跟小霓房間隔著一道牆的藍湖又揮了一下拖把，差點打到她的頭，他更大聲回應她：「你知道現在幾點了，唱得這麼大聲，連鬼都被你嚇醒了，我明天還要考試！」

小霓瞄了一眼小鬧鐘，她剛要冒出的怒氣頓時平息，竟然已經過午夜12點了，難怪藍湖會發飆。

　　「對不起，拖把鬼！」小霓關上窗，也關上電腦，心想糟糕，理化作業還沒寫，今晚要開夜車了，否則明天準備看老師的臭臉、聽同學的譏笑。

　　隔天放學時，她在山路上遇見藍溪，藍溪好奇的問她：「你今天怎麼沒去山中探險？」

　　「我要回去練歌。」自從她上次救過藍溪，藍溪對待她比較友善，每天憂憂愁愁的她看到小霓，臉上就有了笑容，而她，也喜歡跟藍溪說話。

　　「你是不是想要參加合唱團的甄選？我可以陪你一起練歌，我以前學過鋼琴和唱歌。」藍溪熱心邀請。

　　「真的？」小霓未料瘦弱的藍溪竟然有著深厚的音樂底子。

　　「我媽媽是一位音樂家，她從我小時候就栽培我，希望我成為音樂家。」藍溪悄悄透露。

進到藍溪房間，小霓又是一次意外，角落除了一台鋼琴，她的牆上還掛著許多比賽的獎狀，她真是深藏不露啊！

　　有了名師指點，小霓唱得更加得心應手，她好奇的問藍溪：「你為什麼不參加合唱團呢？」

　　「我媽媽過世以後，我再也無法站上台，只要想到她，我就……」藍溪忍不住落淚，她哽咽著說：「你就代替我上台唱吧！我媽媽說過，做任何事情，只要心裡快樂，就能表現出好成績，所以你就快樂的唱吧！」

※　　　※　　　※

　　甄選合唱團員的日子終於來到，報名的同學，一個個抽出歌唱曲目，然後站上台唱給評審老師聽。小霓感覺到，同學們住在山水圍繞的彩虹村，似乎天生都有一副好嗓子，尤其是呂棟彬和蔡其珍都表現得非常棒，小霓不由得緊張起來。

　　輪到小霓的時候，她竟然抽到英文歌曲〈I'll follow

him〉，嚇了她一跳，幸好藍溪陪她練過，不太困難。她深呼吸一口，想到藍溪說的，要快樂唱歌，她不由得臉上漾開笑容，走上台。

放學前，校門口的布告欄貼出錄取名單，呂棟彬、蔡其珍都錄取了，小霓的名字也在上面，蔡其珍氣憤填膺的說：「我覺得孟小霓唱得很難聽，英文發音又不標準，老師是不是感冒了，耳朵塞住了，所以聽不清楚？」

江學志卻走過來扮了一個鬼臉說：「我聽說音樂老師很喜歡孟小霓的聲音，她可能有機會擔任主唱喔！」

「我要抗議，小三的女兒怎麼可以當主唱，我不要跟她站在一起，太丟臉了，她會破壞校譽，我一定要想辦法拉下她。」蔡其珍忿忿的說。

小霓轉過臉來，定定的看著蔡其珍，一個字一個字說：「你──再──說──一──遍。」

蔡其珍見識過小霓發威的模樣，只好轉過頭去，嘴裡碎碎念的走開。其他同學看到一場好戲草草落幕，也就各

自散開。

小霓在學校沒有遇見藍溪，興奮得跑回家想要謝謝藍溪，藍溪卻沒回來，按了藍家許久門鈴，都沒有人應門。

悻悻然走回家後，讓她意外的是，外婆卻送她一個手做的布娃娃祝賀她，她問外婆：「萬一我沒有選上？」

外婆笑咪咪的說，「那也值得鼓勵啊！你練得那麼辛苦。」

小霓抱著娃娃，望著娃娃平凡的面容、黑色的短髮，小碎花的洋裝，很像她小時候喜歡的那個娃娃，難道是媽媽告訴外婆的？

算了，媽媽那麼忙，說不定還在忙著談戀愛，怎麼會關心她的喜怒哀樂呢？

坐在矮牆上，小霓邊哼著歌，等待藍溪。未料，卻遇到揹著後背包的藍海從階梯走上來，不禁心跳加快，臉也熱了起來。

藍海歪歪頭，揚起眉問她：「你唱的是〈秋蟬〉嗎？

小女孩唱這麼淒涼的歌。」

小霓點點頭，「我喜歡蟬。」

藍海停下腳步說：「這是我媽媽喜歡的歌，所以我們都會唱。」

「你想媽媽？」小霓問，因為她知道藍溪到現在還忘不了媽媽。

「想有什麼用，她已經不在了。你媽媽呢？」藍海轉移話題。

小霓搖搖頭，閉緊嘴巴，不想透露媽媽的任何訊息。

藍海拿過她的娃娃，又問：「你媽媽送你的？」藍海順勢親了一下：「這個娃娃很像我媽媽，我媽媽也有一件碎花的洋裝。」

小霓慘叫一聲，藍海怎麼可以親她的娃娃，這也算是性騷擾嗎？她來不及抗議，藍海已經打開他家的黃色大門：「再見了，跟你聊天很愉快。」

小霓一頭霧水，他們聊過什麼嗎？幾乎都是藍海在說

話。

夜晚，小霓的思緒混亂著，眼前輪流出現媽媽、藍海、藍溪的身影，她緊緊抱著洋娃娃，渴望自己也被這樣擁抱著。

搬到外婆家快要3個月，可是，她卻覺得自己依然像一顆流浪的星球，彷彿外星人般找不到可以說話的人。

她親著娃娃，猛然想起，這是藍海親過的地方，臉頰不禁發燙，倏地鑽進棉被裡，深怕被人窺知她悄悄喜歡藍海的祕密。

※　　　※　　　※

合唱團周末第一次練習時，指揮老師將所有國一團員分了聲部，報告以後練習時的注意事項，同時提醒大家，不認真的同學以及學業成績退步的同學，都有可能被淘汰退團。

蔡其珍和呂棟彬立刻看了小霓一眼，好像暗示她，她的成績這麼糟，隨時準備被踢出團去。顧不得他們的排

擠，小霓告訴自己要加油，這樣就沒有人可以欺負她。

回家途中，小霓的心揪成一團，為什麼他們這麼討厭她，到底誰是她的朋友呢？江學志、藍溪？如同外公所說，害人之心不可有，防人之心不可無，她還是暫停山中的冒險，改去彩虹河邊玩耍吧。

她剛到彩虹村，就聽說這條彩虹河的歷史，以前的河道比較寬，曾經有人在這裡淘金、挖煤，還可以划船。彩虹河是昔日村民取的名字，因為每逢春夏，河兩岸開滿各色花朵，倒映在水裡，讓河水變得像彩虹一般美麗。只是，現在的花少了許多。

早晨出門時，外婆跟外公說：「河邊的野薑花開了，我們去散散步好不好？」

小霓想要趕在外婆之前先到河邊，採一枝野薑花送給外婆，她一定會很高興。

因為前兩天下過雨，河邊的小路泥濘不堪，費了一番工夫才走到岩石邊，小霓坐在岩石上，脫下鞋子洗腳、洗

鞋，意外發現，這些岩石有許多圓洞，好像一個一個的大臉盆。

「喂！你一個人在這裡做什麼？」突然，江學志站在一塊大岩石上方呼喚小霓。

「這是什麼？」小霓抬起頭，指著岩石上的大臉盆。

「那是石臉桶，也叫作壺穴，因為河水從上流挾帶許多砂石沖下來，好像漩渦一樣轉啊轉的，經過幾十萬年的渦蝕作用，就變成大大小小的臉盆了。小時候，我都是用這個石頭臉盆洗臉、洗澡的。」

「真的？」小霓的眼睛亮了亮，真是有趣。

「你太好騙了。他們說，城裡來的人都很壞，我看你很呆呢。」

「大家為什麼討厭我？」小霓看他好像沒有惡意，忍不住問他。

「因為彩虹村的第一樁凶殺案就跟小三有關，所以大家對小三沒有好感。」

小霓正想繼續問下去，冷不防，呂棟彬從岩石後面跳出來，「哇！」的一聲大叫，嚇得她坐不穩，往前栽了下去，整張臉撞向石頭，痛得她摀住臉，滿手都是血，斷落的半截門牙躺在掌心的血漬裡，她下意識聯想到，她，無法唱歌了，他，一定是故意的……

　　呂棟彬見自己闖了禍，一溜煙跑掉了，留下嚇傻的江學志，還有臉上、身上血跡斑斑的小霓，她恨死呂棟彬，永遠也不會原諒他。

河裡的月亮

　　小霓自從在河邊跌斷門牙後，不得已，只好裝置假牙，假牙訂做完成前，先裝了臨時牙套，只要稍微吃到硬一點的食物，牙套就鬆動歪斜，還要麻煩外婆送她進城，找牙醫把牙套黏回去。

　　非但吃飯不方便，唱歌也不舒服，好像牙套隨時就會隨著食物吞進肚裡。有一回在學校，吃完午餐，脫落的牙套怎麼也裝不回去，缺了門牙，她只好摀著嘴，不敢張開口。

　　既然這樣，她乾脆放棄合唱團的練習。

　　音樂老師勸她：「孟小霓，你的歌聲很動聽，你可以先請假，門牙裝好以後，再歸隊。」

　　「謝謝老師，以後我想唱自己的歌。」當小霓決定以後，說也奇怪，她整個人頓時輕鬆起來，既不用擔心蔡其珍嘲笑她，也不用提防呂棟彬陷害她，她可以走遍整座

山，自由開心的唱。她覺得，唱給花草樹木聽，更能引起共鳴。

已經進入初夏，山上的野花逐漸開放，黃色、紫色、白色，她雖然叫不出名字，可是，她把花朵捧在手心裡，卻發現它們的花萼、花冠、花蕊都長得截然不同，造物主真是奇妙。湊近鼻子旁，野花竟然透著一股淡淡的香味。

就在這時，她意外發現草地上長了一整片九層塔，她四處張望，荒涼的山上並沒有住家，是誰栽種的？或是以前軍隊駐紮山上時留下的？還是，它的種子不小心被風吹過來，於是在此落腳，就像小霓一樣？

外婆早晨告訴她，晚上要煮她喜歡的白酒蛤蠣麵，提醒她放學後到園子裡採一些羅勒搭配麵。雖然羅勒很香，可是她更喜歡台灣出產的九層塔。她很快的跑回家，拿著竹簍子，用一把小剪刀很小心的採摘九層塔，希望留下的莖可以繼續長出葉子。

捧著裝滿九層塔的簍子，小霓開心的唱著自己編的怪

歌——

「九層塔、塔九層，層層都是我的愛。九層塔，塔九層，層層都是自然香。炒蛋、煮麵，還有豬肝湯，香香的滋味讓我掉了牙！」

突然，她聽到有人在她身後「噓」了一聲：「你不要吵！」

是誰？鬼鬼祟祟，又想陷害她。

猛回頭，是一個約莫10歲的小男孩。

「天快黑了，你在山上做什麼？」小霓望著天空逐漸黯淡，不曉得男孩從哪裡蹦出來，有點毛骨悚然。

「我要上山……」小男孩揮揮他手中的網子。

「你要捕蟬嗎？還早耶，可能要到6月。」

小男孩搖搖頭：「我不是要抓蟬，我要抓月亮。」他指指天邊剛剛升起的月亮，好像蒙了紗的大圓臉，看不真切。

「你真是一個怪小孩，月亮怎麼可能抓得到。」

「我只要認真抓，一定可以抓到。」說著，小男孩朝著月亮揮動網子，一次又一次的捕捉。

「沒有用的，你回家吧！」

「我不要。」小男孩流下眼淚，「我媽媽答應我，月圓的時候會回家。月亮又要圓了，我只要留住月亮，就可以留住媽媽。」

小霓不再勸阻，蹲在小男孩身邊陪伴他，因為她懂小男孩的心，她也曾經這樣期待爸爸，希望他會突然出現，然後學校的廣播器就會傳來：「一年三班孟小霓同學，請到訓導處來，你的父親找你。」

直到月亮升高，小男孩抓不到了，他才垂頭喪氣的走下山。小霓目送著他孤單的背影，不曉得他的媽媽到底去哪兒了？

※ ※ ※

之後，小霓在雜貨店遇見江學志，問了他，才知道小男孩名叫豆豆，他的媽媽離家出走，爸爸酗酒，酒醉後，

常常毆打豆豆。

「他的媽媽為什麼不帶他走？」小霓問。

「大人的事情我怎麼知道，也許他媽媽也怕被打吧！」江學志似乎不太想繼續這樣的話題，因為每個人都希望彩虹村保持美麗的包裝，不要讓人知道背後這些不幸的事情。

小霓卻對豆豆多了幾分同情，好希望能夠再遇見他。

可是，山上卻沒了豆豆的身影，小霓望著愈來愈圓的月亮，猛然想起，河邊也是一個撈月的好地點。

吃完飯後，她帶著手電筒，往河邊探險。果然，她看到豆豆站在好大的壺穴上面，用網子朝著河面揮舞。

　　小霓站在岸邊問他：「你在做什麼？」

　　豆豆發現是小霓，知道她沒有惡意，指指河面上倒映的月亮說：「我在撈月亮，可是，怎麼都撈不到，是不是我的網子有破洞？姊姊，你教我做一個不會破裂的網，月亮就不會溜掉了。」

　　小霓想起她小時候跟媽媽到市場撈魚，媽媽問她要撈多久，她就說，撈到魚為止。然後，媽媽就自己去逛街，也沒有催逼她。

　　可是她卻發現，撈魚老闆做的紙網都很薄，下水幾次就破了，根本撈不到魚，無論她多麼努力、小心，還是撈不到一條魚。

　　最後她放棄了，安慰自己，即使撈到魚，帶回家也養不活，就讓魚兒繼續優游下去。

　　她也想跟豆豆說：「你就放月亮一馬吧！即使你撈到

月亮，媽媽也不會回來的。」

　　但是，她怎麼忍心撕碎豆豆的夢，只好守在岸邊陪著他，聽豆豆談他的媽媽，直到月亮升高，河面上再也見不到月亮為止。

　　夜裡，小霓靠在枕頭上，望著窗外若隱若現的月亮，眼淚悄悄滾落，她是為豆豆等不到媽媽哭泣，還是為自己離開母親、沒有父親而傷心？複雜的情緒交錯著，為什麼他們都無法擁有一個完整的家？

※　　　※　　　※

　　外婆的新書出版了，出版社特別在周六舉行新書發表會，外公擔心怕熱的外婆血壓高，特意隨行照顧。出門前，外婆問小霓：「你要不要順便進城給牙醫看看你的牙套牢不牢？」

　　反正過幾天就要裝正式的假牙，小霓不想進城，寧願留在家裡，就說：「我要讀書，準備考試。」

　　可是，讀不了幾頁書，小霓卻突然腹痛如絞，從臥室

衝下一樓，坐在馬桶上，狂瀉不已。才剛離開馬桶，肚子又開始絞痛，甚至渾身發冷。接著，又不斷反胃想吐。

就這樣上吐下瀉好幾回，她連2樓都走不上去，索性坐在客廳地上，頭趴靠著沙發，覺得自己好像隨時會昏死過去。

想打電話求助，看看時鐘，應該是發表會的時間，她不想打攪外公外婆，況且遠水也救不了近火。

她是得了急性腸胃炎，還是食物中毒？她連著吃了好幾天的九層塔蛤蠣麵、九層塔炒蛋、九層塔炒蜆仔、九層塔煮豬肝湯……難道是九層塔在肚子裡搞怪？

這時，隔壁藍家傳來大門「碰」的聲音，對了，她可以找藍海騎機車載她去診所，這陣子都沒有機會跟藍海說話。

她已經沒力走出門，只好撥打藍家電話，是藍湖接的，小霓有氣無力說：「請問藍海在嗎？」

「你要找我哥啊？他去約會了。」

小霓下意識就要掛掉電話，藍湖連忙說：「你找他什麼事？你講話怎麼這麼小聲？是不是生病了？」

　　小霓不想理他，還是掛掉電話，藍湖卻衝到她家門口，一直按門鈴，小霓被吵得頭都痛了，只好勉強站起身，走到院子外開大門。

　　綠色大門剛打開，小霓的肚子又一陣抽痛，忍不住往回衝。等她走出廁所，只見藍湖正在外婆家客廳走來走去，藍湖問她：「你怎麼了？」

　　「我拉肚子，又吐……」小霓只好說實話，頭一陣暈，她慌忙坐在沙發上。

　　「我看你臉色很難看，最近好像流行腸胃炎，你外公外婆不在嗎？」

　　小霓搖搖頭，快沒力氣說話了。

　　「我陪你去看病吧！我先打電話叫計程車。」藍湖自告奮勇陪她看醫生。

　　「可是，我沒有錢。」小霓小聲說。

「沒關係，我爸常常留錢給我們，我可以先幫你墊。你還是先看病，不要管這些小事。」藍湖說話的語氣就像她的哥哥般，怪不得藍溪常說，兩個哥哥之中，她比較喜歡藍湖，就是因為藍湖比較會照顧人？

坐著計程車，經過彩虹橋邊，只見河邊有許多人戲水，雖然才5月，天氣已經十分炎熱，怪不得大家都想親近水。

小霓不由想到，自己曾經悄悄許下心願，要像河邊的壺穴一般，禁得起河水的洗禮，才能擁有美麗的形狀。沒想到，只是小小的肚子痛，她已經虛弱得挺不起來，必須向人求助。

到診所掛了號，等待叫號時，藍湖問小霓：「你為什麼沒有跟外婆進城？在家K書？」

小霓點點頭，沒力氣說話，也不想跟他說話。

「聽藍溪說，你很不喜歡考試，我也不喜歡考試，可是，我媽媽告訴我，要把敵人當作朋友，就不會害怕考

綠屋虹霓　68

試。如果你等下要打針，也要這樣告訴自己，你就不會怕打針了。」

「你媽媽？」小霓望了一眼皮膚白皙的藍湖，她似乎錯看了他，外表柔弱的他，內心住著一個勇敢的靈魂。

「我媽媽是一位偉大的媽媽，我爸爸上遠洋船，一兩年才回家一趟，我媽媽獨自照顧我們三兄妹，直到她罹患癌症，我爸才下船陪她。可是，我媽媽的病太嚴重了，沒多久，她就過世了。所以，藍溪一直不肯原諒爸爸，認為是爸爸害媽媽寂寞死了。媽媽過世後，藍溪也病了，躲在自己的世界裡不肯出來。還好她喜歡跟你做朋友……」

醫生診斷之後，小霓果然是急性腸胃炎，醫生幫她打了針，開藥給她吃，因為她腹瀉得太嚴重，建議她注射一瓶點滴補充水份。

小霓躺上檢查台，護士忙著掛點滴，藍湖很有禮貌的說：「謝謝護士小姐，今天是護士節，祝你們護士節快樂。」

護士笑得好開心，整張臉彷彿一朵金黃色的鬱金香。

「當初我媽媽生病時，有一位護士阿姨對我媽媽很好，她就像南丁格爾，也像德蕾莎，那麼溫柔。我媽媽快要離開時，護士還告訴我，媽媽這麼好的人，一定是到天堂去了，我如果想念媽媽，只要抬起頭望天，就會看到她。所以我們才會搬到山上，這樣離天比較近。」

藍湖好像跟小霓之間突然縮短了距離，他自顧自的一直訴說他家的點點滴滴，彷彿把小霓當家人一般。

當小霓打完點滴，走出診所，藍湖又說：「過完護士節，很快就是母親節，這幾天，藍溪想念媽媽，病情又嚴重了。」

「等我好了，我會去看她。」小霓遮住眼前的陽光，雖然有些刺眼，如同藍湖，每次跟她說話都是針鋒相對，卻自有溫熱的一面。

回彩虹村時，經過橋邊，河邊聚集更多的人，感覺上，好像發生了什麼事。藍湖搖下車窗，詢問路過的村

民：「河邊怎麼這麼多人？」

「好像是有人落水了。」

「是誰？」

「聽說是豆豆，他一夜沒回家，有人在河邊發現他的拖鞋……」

藍湖立刻跟小霓說：「我去河邊看看，說不定可以幫忙救人。你自己先回家，好好休息。」

「藍湖，你……」小霓想勸他不要去，他只不過是個高中生。

「你是不放心我嗎？」藍湖又恢復他的伶牙俐齒，嬉皮笑臉的說：「我可是游泳校隊喔！」

下了計程車，小霓緩步走上石階，邊想著河邊擠滿人群的一幕，莫非是豆豆又到河邊撈月亮，因為不小心，所以失足落水了？

前兩天，她才跟豆豆說：「月亮已經不圓了，你就不要再一個人到河邊，很危險的。」

豆豆卻說：「我不一定要撈月亮才可以想媽媽。媽媽很喜歡在那塊石頭洗衣服，天還沒亮，她就牽著我的手，到河邊洗爸爸吐髒的衣服，我沾到泥巴的褲子……」

　　那塊石頭是河邊最平坦的，但是因為很小很隱密，不容易被發現。豆豆很可能在那兒，如果大家到橋邊找豆豆，一定找不到。

　　顧不得自己的肚子還微微痛，走起路來還很喘，小霓急忙趕去彩虹河邊，想要指點大家去哪裡找豆豆，希望還來得及救回豆豆。

　　跨過幾塊石頭，遠遠的，她依稀在石頭縫裡，看到豆豆前天穿的紫色上衣，難道是……她的心一陣抽痛，往石頭的壺穴倒了下去……

織女好想見牛郎

　　全村的人在彩虹河邊打撈三天，都找不到豆豆的下落。

　　甚至有人雇了小船，往下游尋找，依然不見豆豆的身影，他彷彿人間蒸發一般。

　　小霓隱約覺得，豆豆並沒有落水或是跳河自殺，他可能躲在某個角落，獨自傷心著，所以，她只要有機會就到山上、河邊四處亂走，希望可以發現豆豆的蹤跡。

　　就在大家快要忘卻豆豆失蹤這件事時，沒想到，豆豆和媽媽卻一起出現在村子裡，大家奔相走告，好像村子中了彩券大獎。

　　小霓聽說這消息，也以最快速度趕到豆豆家。豆豆見到她，整張臉立刻笑開來，興奮地拉著她跟媽媽說：「她是小霓姊姊，她很照顧我，是她告訴我，牛郎靠喜鵲的幫忙見到織女，所以，我決定做你和爸爸的喜鵲，主動去找

你。」

　　原來，豆豆撈了許久月亮，還是等不到媽媽回家，於是，他採取主動，用他省吃儉用的零用錢，湊合著買了火車票，自己搭火車去找媽媽。媽媽被豆豆感動，決定返鄉爭取豆豆的撫養權。

　　熱心村民七嘴八舌的表達意見，有人說，豆豆應該留在爸爸身邊，不該跟著媽媽過著居無定所的生活；有人覺得，豆豆年紀小，需要母愛，應該跟著媽媽一起，比較幸福。

　　小霓好奇的問豆豆，「你自己想要跟誰？」

　　豆豆雙手牽起爸爸和媽媽的手：「我知道你們常常吵架，可是，我真的好希望你們都在我身邊，這樣才像一個家。」

　　但是，豆豆媽媽卻決定結束婚姻，跟豆豆爸爸離婚，豆豆的眼淚立刻啪啦啪啦流下來。小霓默默的離開，不想介入別人的家庭問題，她自己跟媽媽的關係都處在矛盾衝

突中，她能給什麼意見呢？

　　過沒兩天，事情竟然峰迴路轉，小霓回家時，看到豆豆站在山坡上向她招手，連忙問他：「什麼事？」

　　豆豆半喘著說：「我爸爸……我爸爸承諾不喝酒了，只要我媽媽願意回家。後來，我媽媽答應再給我爸爸一次機會。太棒了，織女跟牛郎終於可以在一起了。小霓姊姊，謝謝你，你是我的天使。」

　　豆豆衝過來，緊緊抱住小霓，然後，又蹦又跳的下山坡，那個身影，跟當初在山上捕捉月亮時的淒涼截然不同，連小霓也感染歡樂的氣氛。晚餐時，特地用迷迭香、鼠尾草、香茅、月桂葉，燉了香草排骨湯，送到豆豆家。

　　回家時，小霓提著空鍋踏上石階，藍湖正好迎面走來，他關心的問她：「豆豆他媽媽決定留下來了？聽說是你的功勞。只不過，這樣的結局感覺很童話、很虛幻，希望他爸爸不會又故態復萌，要戒酒，真的很難的。」

　　小霓把食指放在脣邊，噓了一聲，「你不要咒詛豆

豆。」

「好好好，小霓小姐的功勞不能被我搞砸了，這下子你在彩虹村的人緣指數會大大提升了。」

小霓搖搖頭，頗不以為然，因為她剛剛在路上遇到蔡其珍，蔡其珍對她說：「你不要高興得太早，你做在多好事，也改變不了你媽是小三的事實。」好像小霓媽媽曾經犯了殺人罪，就算救活在多人也無濟於事。

小霓夜晚躺上床，豆豆那張歡喜的臉龐一直在她眼前縈繞，一家團聚多麼愉快。小霓也嚮往這樣的日子，可是，爸爸不知在哪一方，而她面對媽媽又無法敞開自己的心，他們的家像是缺塊的拼圖。

她翻了好幾個身，想起媽媽，心裡隱隱不安。母親節時，媽媽到外婆家探望，帶了她喜歡的太陽餅，小霓卻從後門躲到山上去，不想跟媽媽打照面。是生媽媽的氣，還是不想跟媽媽太過親密，她真的不知道，也許時間到了，自然會有答案。

※　　　※　　　※

　　雖然山上的氣溫比較低，但是，這個夏天，全球的氣溫普遍上升，若非必要，大家盡量待在家裡。外公的學校也放暑假了，他跟外婆忙著整理香草園，為紀念七夕，合種了一大片牽牛花的圍籬。

　　小霓除了暑期輔導課，也讀英文小說、上網找香草食譜，或是拍攝彩虹河的壺穴照片。

　　看似風平浪靜的夏天，連颱風都絕了跡，藍家卻起了大浪。

　　原來是藍爸爸從對岸回來，跟藍家三兄妹宣布他的重大決定，因為他始終無法忘情海上的生活，想要再度回到遠洋貨輪上工作。

　　藍海、藍湖早就習慣爸爸長期不在家的日子，未置可否，藍溪卻氣得用盡她所有的力氣大喊：「你自己答應我的，要常常回家。本來每個月至少可以回家一次，現在又要變成一年一次。媽媽做了一輩子的織女，等不到你回

家，我不想也做織女。」

住在隔壁的小霓都聽到藍溪尖聲哭喊的聲音，不多久，外婆家的門鈴就響了，藍溪哭著說：「我爸不愛我媽，也不愛我，怎麼有這麼自私的爸爸，他氣死了我媽，還要氣死我。」

小霓聽藍湖說過，藍溪的病多半跟藍爸爸不常在家有關，因為藍溪很黏爸爸，只要看不到爸爸就哭鬧不休，不肯吃飯、不肯上學。可是，爸爸一進門，她所有的病就好了。

如果是她見到爸爸，大概也會這樣依依不捨吧！她只能握著藍溪的手，陪她掉眼淚。

外公把一切看在眼裡，試圖勸藍溪：「聽說你爸爸任職的工廠經營不善，他為了照顧你們一家，只好犧牲自己。我相信，如果有機會，他也不希望在海上討生活的。」

藍溪繼續啜泣，「我媽媽說過，一個男人愛他的女

人，就應該守在她的身邊，像外公外婆你們這樣。我常常看到我媽媽因為想我爸爸而流眼淚，這些我爸都不知道。」

小霓幽幽地說：「至少，你爸爸離開家還是會回來。我想見都見不到爸爸。」

「我有爸爸就像沒有爸爸一樣。」藍溪認定爸爸的離家就代表他不愛這個家，也不愛她。

小霓忍不住說：「你不要這樣說，你要珍惜自己的爸爸。」

藍溪卻回說：「你自己都不珍惜媽媽，還要勸我。」

小霓被深深刺了一下，感覺外公外婆的眼光都掃了過來，以為她跟藍溪說過媽媽的壞話，只好淡淡說：「那不一樣。」

「我討厭七夕，為什麼女生要做織女？要天天等待牛郎？」藍溪突然站起來。

「那是因為織女愛上不該愛的人。」小霓有感而發。

藍溪卻認為小霓故意嘲笑她媽媽，對著小霓大吼：「你不是我的朋友，朋友不會說這種話。」

藍溪奪門而出，小霓追出去，只聽到大門砰的關上，缺角的月淒涼的掛在樹梢，她抬頭尋找牛郎織女星的下落，怪只怪介紹織女和牛郎認識的那頭老牛，明知兩人會分離，為什麼還要撮合他們？

她獨自坐在葡萄藤下，隱約聽到藍溪的哭聲，與草叢裡的蟲鳴交織穿梭，這是一首什麼樣的歌呢？許多的夜裡，她想念爸爸的淚水在枕上浸潤成各式圖騰，藍溪應該也是這樣吧！

※　　　※　　　※

儘管藍溪哭了兩天兩夜，想用淚水挽留爸爸的腳步，末後，藍爸爸還是離家上船去了。小霓在路上遇見藍海，只見他黝黑的面容更加深沉，喜歡搞笑惡作劇的藍湖，見到小霓，也只是「嗨」的簡單招呼。

幸好還有暑期輔導，雖然無聊無趣，至少打發了小霓

的暑假時光。

　　這天，小霓走出校門，江學志跑過來問她：「我和許惠欣她們要去彩虹河上游探險，順便蒐集暑假作業的資料，你要不要一起去？」

　　如果是平常，小霓一定點頭，可是，自從跟藍溪決裂以後，她的心情也盪到谷底，好像心的某個角落缺了一塊。如果藍溪真的是她的好朋友，應該生氣幾天就會跟她和好。可是，藍爸爸已經上船好幾天了，藍溪卻始終迴避她。

　　拒絕江學志的提議後，急著趕回家吃飯的小霓，卻意外遇見藍湖，藍湖似乎已恢復原先的愉悅，開心的跟她打招呼，「小霓，我正好要找你，我們要去海邊游泳，你想去嗎？」

　　「我不會游泳。」小霓只想跟藍湖保持距離，冷冷拒絕。

　　「我可以教你，萬一你溺水了，我也可以救你。」藍

湖熱情表示友善。

小霓聯想到自己溺水，藍湖跟她口對口人工呼吸的畫面，頓時雞皮疙瘩起滿身，頭搖得更加劇烈。

藍湖似乎猜到她的心思，露出促狹的笑容說：「藍海、藍溪都會去喔！」

既可以接近藍海，又可以找機會跟藍溪復合，真是太棒的機會了，可是，她卻感受到藍湖的笑容裡別有用意，不想讓他稱心如意，狠下心說：「暑假作業沒寫完，我不去。」

「好可惜喔，我真的希望你一起去。」

小霓沒再答腔，繞過他身邊，只想趕快回外婆家，喝一大杯現榨的冰涼胡蘿蔔汁。才把書包擱在沙發上，意外發現媽媽竟然坐在客廳裡，她下意識想要閃躲上樓，媽媽叫住了她，只好硬著頭皮站在樓梯口，兩手局促的捏弄著。

媽媽說話的聲音就如往常一般輕柔，問她：「小霓，

住得還習慣嗎？」

小霓點點頭，眼睛看著地面。

媽媽又問：「暑假沒剩幾天了，要不要跟媽媽回去住幾天？逛夜市、撈魚……」

媽媽的話尚未說完，小霓以最快速度說：「不要。」

「你生媽媽的氣嗎？再過一陣子，媽媽就可以跟你住在一起了。」

「我不要，我喜歡住在外婆家，這裡才像家。」

「這裡畢竟是外公外婆的家，你真的不想跟媽媽回去嗎？」

小霓這才抬起頭，正視媽媽的眼睛，很清楚的表明自己的立場：「什麼時候爸爸回來，我就回去。」

媽媽又用慣有的哀怨眼神望著她，想要打動她，她為了避免自己心志動搖，即使肚子很餓，還是朝屋外快速走去，外婆追出來叫她：「小霓，要吃飯了……」

「算了，媽，隨她去吧！」媽媽嘆了一口氣，那口氣

彷彿透著一股冰涼，朝小霓的背脊吹來，她跟媽媽就像織女，跟孩子一年只見一次面，彼此的距離愈來愈遠，感覺也愈來愈陌生。

中午時分，路上沒什麼行人，村子裡十分安靜，小霓沿著通往河邊的小路慢慢走著，心想，早知道會遇見媽媽，就該跟江學志去探險或跟藍湖三兄妹去游泳，她不知道，這樣躲避媽媽還能躲多久？

河岸邊的野薑花開得正茂盛，蝶形的花瓣不畏溽暑，透著陣陣清涼的香氣，她靠過去，想要嗅聞野薑花的香味，花叢後傳來唏唏嗦嗦的聲音，小霓探身一看，嚇了一大跳，竟然是呂棟彬和李美彌，這麼熱的天氣，他們竟然緊緊抱在一起。

他倆更是萬萬沒想到，小霓在這個節骨眼冒出來，兩人尷尬的迅速分開。

呂棟彬整張臉不曉得是被太陽曬紅還是窘迫得紅了，平時的伶牙俐齒也不見了，結結巴巴說：「我們⋯⋯我們

什麼也沒有做。」

「我什麼都沒有看見。」小霓淺淺笑著，她還以為呂棟彬喜歡的是蔡其珍，真是意外的發現。不過，她心裡明白，此後，班上惡整她的人頓時少了兩個。

呂棟彬和李美彌狼狽的跑開，小霓繼續在河邊漫步，順手撿起幾塊石頭，練習水上飄，隨著石塊劃過水面，水花不斷濺起。

彩虹河裡，每年都有人溺斃，卻還是有人到河裡戲水，就像許多人受到感情的傷，還是有人接二連三的跳進愛河去。

如果織女有機會再做一次選擇，明知會跟牛郎分開，她是否仍然願意談這一場戀愛？

這種假設題是不可能有正確答案的，因為沒有人可以預知自己的未來。

※　　　※　　　※

算算兩個多鐘頭過去，小霓已被太陽晒得頭昏眼花，

媽媽應該已經離開了。

　　門口沒有媽媽的鞋子，確定媽媽已經不在，小霓才進門。

　　平時給小霓很大空間的外婆，卻沉著一張臉，把小霓叫過去，「你今天的態度很不好，怎麼可以跟媽媽這麼說話？」

　　外公連忙阻止外婆：「小霓還小，她也委屈，你就少說她幾句。」

　　「她不小了，再過兩個月，就15歲了，她也該懂得一點做人子女的禮貌。再怎麼說，小虹還是她的媽媽。小霓，你過來！」

　　小霓平常跟外婆相處融洽，心裡卻還是有幾分畏懼，乖乖走過去。

　　「你知道嗎？你媽媽生病了，病得不輕，你還這樣傷她。」

　　「又不是演電視劇，想騙我的同情。」小霓嘟噥著。

她根本不相信外婆的話，外婆只是找理由責怪她。

她似乎有些中暑，想吐，頭也發暈，飢餓感也消失了，緩緩的走回房間，窗外的山風吹過，她趴在窗口，雲層很低，似乎隨時會下雨。

媽媽病了，是真的嗎？

是織女想念牛郎得了相思病？如果不再想念，病就會好嗎？

至少，小霓想念跟藍溪在一起的時光，她們之間很有默契，即使坐在一起，不必說什麼，都可以了解對方的想法。

她忍不住走到門外，想要見藍溪一面。

意外看到藍海帶女生經過，她是他女朋友嗎？看他兩人很親熱的摟著腰，應該是的，她彷彿聽到自己內心碎裂的聲音。

她腦中快速閃過老師說的話，男生女生不可以單獨相處，她要阻止他們。

後山的山坡可以看到藍家客廳，小霓悄悄躲在樹叢

後面，卻看到自己最不想看到的鏡頭，藍海和女生正在接吻，她不敢想像接下去會發生什麼事情。

小霓氣急敗壞的按響藍家的門鈴，按了好久，藍海沒來應門，她不斷的按，直到藍海的臉出現在門後。

「你幹什麼？」藍海的口氣不怎麼好。他身後的女生用手摟著他的腰，撒嬌似的問：「她是誰？」

小霓理直氣壯的說：「你們要小心，沒有結婚就生小孩，很丟臉。」

藍海板起臉罵了小霓一頓：「你神經病、怪小孩，誰要生小孩啦！」

整張臉塗得好像畢卡索的畫的女生嬉笑著說：「藍海啊！我看這個小女生在喜歡你耶！」

「不要理她，她腦袋有問題，整天胡思亂想。小霓，快走，不要打擾我們。」

藍海用力關上大門，也關閉了小霓的心。她忍不住號啕大哭，好像被迫跟牛郎分離的織女。

嫦娥的心碎了

　　小霓發現藍海已經有女朋友，簡直就像晴天霹靂，尤其是藍海當她的面，用力關上大門，「砰」的一聲，幾乎震碎了她的心，他這麼不給她情面，足以證明藍海根本不喜歡她。

　　那他為什麼常常找她聊天，關心她的生活起居？太過分了，他怎麼可以欺騙她？讓她以為他喜歡她，所以，她沒有關閉自己愛的閘門，自由傾注自己的感情，在每個夜晚的輾轉反側中思念他，沒想到，她竟然上當了。

　　真是丟臉透了，她難過得摀住臉，眼淚順著手指流下，緩緩踏下階梯。

　　這時候的她不想回家，彷彿受傷的動物，只想找個洞穴躲起來療傷，未料，卻聽到身後的藍湖低沉的聲音問她：「你喜歡我哥，是嗎？」

　　她尷尬得真希望腳下就是大洞，她可以立刻掉進去，

她快速擦掉臉頰上的淚水，回過頭用力說：「你不要胡說八道。」轉身朝山上跑去。

天哪！被藍海拒絕已經夠沒面子了，竟然還被藍湖撞見剛剛那一幕，她會被他糗一輩子。想到這裡，她恨不得找棵大樹撞上去，撞昏撞破頭，或者，乾脆撞死算了。

只怪自己沉不住氣，向來對男生不假辭色的她，為什麼要喜歡藍海？萬一大嘴巴藍湖又告訴藍溪，藍溪會不會誤以為她接近她是有目的的，那她永遠沒希望跟藍溪復合，她徹底失去這個朋友了。

這天晚上小霓只是坐在窗前發呆，沒有吃飯，藉著餓肚皮懲罰自己。外公叫她下樓，外婆卻阻止外公：「她對媽媽沒禮貌，我沒有處罰她，就是讓她好好想想，想通了，她自己會下樓吃飯的。」

她不想跟外婆解釋這事跟媽媽無關，免得外婆又要用一雙透視眼望著她，想要看穿她的心事。

窗外的月亮缺了一塊，就像她小學三年級洗碗時打

破的蝴蝶盤子。當時，媽媽緊緊抓著缺口的破盤子，幽幽地罵她：「你怎麼這麼不小心，媽媽說過好幾次，這個盤子很重要，現在，蝴蝶變成兩半……」媽媽的手被盤子破口割傷了，流出血來，似乎也不覺得痛，大概她的心更痛吧！

媽媽曾經說過，盤子是爸爸買的，那時媽媽剛到公司上班，感冒生病沒有胃口，爸爸切了水梨，裝在蝴蝶圖案的盤子裡，希望她吃了水梨，就像盤面的蝴蝶翩翩飛起。

此後，媽媽一直珍藏這個盤子，未料，卻被粗心的她打破了。後來，雖然媽媽用膠水黏合盤子，卻常常望著有了裂痕的盤子喃喃自語。

媽媽的心彷彿缺口的盤子，而嫦娥的心，是否像缺口的月亮？

嫦娥當初偷了后羿的長生不老藥，是否後悔過？她寧願美麗的早早死去，還是美麗卻淒涼的活著？

嫦娥的背叛讓后羿心碎，媽媽則讓別的女人心碎，

所以，別的女生讓小霓心碎。好像一種輪迴，是這樣嗎？難道，就因為媽媽犯了偷竊罪，偷竊不屬於她的男人，所以，小霓就注定嘗盡苦果，擔負媽媽的罪？

天哪！她的頭快要爆炸了，都怪她自己不好，當初決定對這個世界冷漠到底，又為什麼動了凡心，喜歡不該喜歡的藍海？如同國文老師說的，他們才念國中，應該專心念書，不要胡思亂想。

幸好快要開學了，她可以把心思轉移到難以應付的功課、考試上面，而且，還有一大串對她不友善的人，夠她傷腦筋了。

※　　　※　　　※

開學第一周，就要舉行複習考，查驗大家暑假時是否努力用功？有沒有複習之前的功課？有的同學還沉醉在快樂的暑假生活裡，或是為著尚未趕完的暑假作業急得跳腳，很多人的心幾乎都是浮動的。只有以上台領獎為人生一大樂事的蔡其珍，提到考試，眼睛就閃閃發亮。

小霓不懂，暑假就是放假，應該請大家分享暑假的吃喝玩樂，而不是讀國英數、考史地理化，把他們變成讀書機器。

嚇人的複習考還沒開始，江學志卻因為到辦公室偷考卷被抓，同學議論紛紛，呂棟彬一副包打聽的口氣說：「我知道，他怕成績太差，會被爸爸送到國外去念書……」

「拜託，你少白痴了，他爸欠了一屁股債，哪來的錢讓他出國？」住江學志家隔壁的許惠欣說。

導師則氣呼呼的帶著江學志進教室，站在講台上問大家：「還有誰跟江學志是同夥的？他平常只會耍小聰明，沒這個膽量偷考卷的。」

導師見大家都沒有說話，又問：「江學志，你說，是誰教唆你的？你只要坦白，老師可以減輕你的處罰。」

江學志卻抬起頭，振振有辭的說：「老師，我是效法傑克與魔豆，傑克為了造福鄉里，所以偷巨人的金幣與金

雞，我是為了造福同學，所以才偷考卷。」

班長何如晴立刻抗議說：「江同學，你簡直丟盡我們班的臉，一個人可以因為貧窮就偷竊便利商店的御飯糰，或是，因為沒有錢買單車就順手牽車嗎？我們沒有你這樣的同學。」

蔡其珍更是火上加油說：「孟小霓，這就是你的好朋友，你的成績那麼爛，是不是跟他一夥的？」

小霓連忙搖頭：「我不做小偷。」心底卻為江學志的處境擔憂，他這下完了，肯定會被記過，或是罰洗廁所30天。

放學時，小霓很想問導師怎麼處置江學志，在辦公室外面徘徊許久，最後決定離開，走沒多遠，李美彌卻叫住她，說出天大的祕密：「孟小霓，江學志是為了你才偷考卷的。

「什麼？怎麼可能？」小霓臉部僵硬，「你不要隨便栽贓。」

「我幹麼騙你，我也不敢騙你，你應該謝謝我，剛剛沒有當眾說出來。」

　　小霓望著李美彌的背影，想起她在彩虹河邊撞見李美彌和呂棟彬的一幕，李美彌的話似乎有幾分真實。

　　為了證實真相，小霓等在半路攔截江學志，問他：「你為什麼要偷考卷？」

　　江學志揚揚眉毛說：「我聽到你說，不喜歡放完暑假就要考試，所以才偷考卷。放心，我不會說出你的名字，反正我常常罰站，我不在乎記大過，或是掃廁所、掃校園。」

　　「你偷了考卷，明天還是要考試。」她記得念小學時，有一次老師考試，某位男生把教室的電燈開關弄壞了，教室很暗，老師沒辦法考試，卻改要他們背書。

　　「孟小霓，你不要管我，再見。」江學志揹著書包跑開，奇怪的是，他的臉卻紅紅的，好像偷喝他爸爸的酒。

　　雖然小霓不贊成江學志的作為，但是，有人這樣關心

她，讓她很感動。不像藍湖，總是嘲笑她，彷彿結了三輩子的深仇大恨。

意外的，藍湖卻在綠屋的信箱內放了一個藍莓月餅，包裝得很漂亮，上面寫著：「預祝你中秋節快樂，吃月餅不會撐死掉。」

小霓氣得把月餅捏成碎片，扔在草叢裡當肥料。

※　　　※　　　※

小霓期待著中秋節會帶來久違的媽媽，氣象局卻預報中秋節剛好有一個中度颱風來襲，雖然風不大，卻會帶來豐沛雨量，山區更要嚴防豪雨。

潮溼的中秋節，注定看不到月亮，也看不到媽媽。「所有的嫦娥都在流淚。」小霓跟外婆說。

外婆看了小霓一眼，沒有評論，只說，「來幫我做迷迭香餅乾吧！烤好了，送給藍家三兄妹吃。」

外公卻說：「小霓最好祈禱颱風快點過去，否則你外婆不曉得要做多少餅乾呢！」

原來，外婆擔心颱風過境，彩虹村民準備的食物不夠，所以烘焙各種口味的餅乾，送給街坊鄰居。外公笑著說：「你外婆的香草餅乾快要變成彩虹村的伴手禮了。」

　　可見得外婆比嫦娥有創意，嫦娥只知道哭泣，哭泣卻無法解決問題，反而造成地球各處的水患。

　　滿屋子瀰漫著迷迭香的味道，餅乾烤好了，小霓卻不像尋常那麼興奮，她沒有吃餅乾，也拒絕送餅乾到隔壁。外婆不勉強她，穿上雨衣，跟外公挨家挨戶分送。小霓則關上房門，蜷縮在床上，在一陣比一陣大的風雨中，隱約聽到藍家傳來哭聲。

　　是藍溪又在想媽媽了嗎？

　　她也是，既想看到媽媽，又討厭跟她說話，實在很矛盾。

　　雖然第二天停課，放颱風假，小霓卻早早醒來，推開陽台的門，觀看颱風的動靜。颱風真的是來得急去得快，除了斷落的樹枝、樹葉，颱風早已無影無蹤。

這時，她突然聽到啾啾啾的叫聲，走上陽台，只見兩隻羽毛尚未長全的小鳥歪歪倒倒的掙扎站起，柔軟的絨毛在微風中飄動，看來弱不禁風。

她連忙拾起雛鳥，這不像一般的麻雀或白頭翁，體型比較壯碩，正要下樓請教外公，隔壁陽台卻傳來藍溪的哀叫聲：「二哥，快來看小鳥。」

颱風吹落附近大樹上的鳥窩，巢裡的小鳥掉了出來，兩隻掉在藍溪家，兩隻掉在小霓外婆家，兩人隔著圍牆，互相打量著對方手裡的鳥，藍溪先開口問她：「你的兩隻鳥是不是貓頭鷹？」

為了攜手搶救貓頭鷹，她倆決定捐棄前嫌，言歸於好。

計畫把小貓頭鷹放在陽台上，等貓頭鷹媽媽來救牠們。只見貓頭鷹媽媽在天空繞了幾圈，丟下幾隻死掉的蟬，並沒有餵食牠們，最後，眼見無法帶走小貓頭鷹，窩巢也毀了，於是傷心的離開，再也沒有出現過。

小霓跟藍溪分別上網請教有經驗的人，可以餵食蚯蚓、生牛肉。可是，小貓頭鷹或許是受到極大驚嚇，也可能淋雨感冒了，甚至太過幼小，不會自行進食，逐一死去。

　　小霓放學回家，聽說只剩一隻貓頭鷹活著，跟藍溪面面相覷，同時流下眼淚。

　　「怎麼辦？我們不能見死不救啊！」小霓哭著跟外婆求救。

　　外婆勸她：「沒有能力照顧牠，就不要勉強，趕快把這隻貓頭鷹送到野鳥協會吧，或許還可以救活她，千萬不要悲劇重演。」當年外婆也曾撿到一隻受傷的貓頭鷹，堅持自己收養，結果因為不懂得照顧方法，貓頭鷹在一周後死去。

　　所以，媽媽才會把她送到外婆家，請外公外婆照顧，難道也是擔心她會不小心死掉？

　　　　　　※　　　　　※　　　　　※

利用周末，她和藍溪搭公車進城，送別貓頭鷹。藍湖說他要一起去，小霓搖搖頭，「如果你去，我就不去。」

路上，藍溪關心的問小霓：「你討厭我二哥嗎？他心地很好，常常照顧我，不像我大哥，他只愛他自己。」

小霓沒有吭聲，自從知道藍海不喜歡她之後，她很快的轉移情緒，現在看到藍海，說也奇怪，心裡再也不會波濤洶湧，而是風平浪靜。至於藍湖，她也只想保持距離。

到了野鳥協會，打開裝著小貓頭鷹的紙箱，也不過幾天工夫，牠似乎認得小霓和藍溪，半睜的眼睛轉啊轉的，一直望著她們，好像要跟她們說話。

承辦員跟她們說，「你們這麼做是對的，我們會盡力讓牠活下去，我們要野放的那一天，會通知你們一起來送牠回森林。」

小霓忍不住哭出來，她不喜歡分別，她不要分別，時光彷彿瞬間回到她離開媽媽的那一天。藍溪也哭得好傷心，兩人抱在一起，各自思念著心裡的媽媽。

回到彩虹村，小霓下公車時覺得口渴，遂跟藍溪說：「我去雜貨店買飲料。」

大概是心頭還牽掛著貓頭鷹，心不在焉的她不小心撞到了人，那人手裡抱著的一袋雞蛋瞬間掉在地上，跌碎了好幾個雞蛋。

小霓張大眼睛一瞧，嚇得「啊！」了一聲，糟糕，冤家路窄，她竟然撞到蔡其珍的媽媽，只希望她沒有認出她來。

說了道歉，低頭正想走開，蔡媽媽卻破口大罵：「你走路沒有帶眼睛啊！還我雞蛋。你……你就是那個野孩子，怪不得我家小珍說你多麼討人厭，這裡不歡迎你，滾出彩虹村。」

小霓一字一句的說：「我不是野孩子。」

「我說你是野孩子就是野孩子，你媽媽不要臉，你也不要臉。」蔡媽媽愈罵愈大聲。

藍溪見狀，立刻上前拉開小霓：「我們走吧！不要理她。」

　　蔡媽媽撿起剩下的雞蛋，氣沖沖的走出雜貨店，只見一輛紅色汽車快速朝她駛來，眼看著要撞到蔡媽媽，藍溪下意識大叫，蔡媽媽及時閃開來。

　　沒想到，汽車倒退幾步後，重新調整方向，再度衝向還沒站穩的蔡媽媽。小霓來不及細想蔡媽媽剛才罵她的話語多麼惡毒，衝過去用力把蔡媽媽推開，蔡媽媽跌倒在地，痛得哀哀叫。

　　當汽車第三度要撞上來時，雜貨店的老闆及附近居民已經圍過來，擋在汽車前面，厲聲喝斥，「你是誰？竟然跑到彩虹村撒野？」

　　藍溪扶起小霓，關心的問她：「你的腳在流血……」

　　蔡其珍卻發瘋似的跑過來，不分青紅皂白推打小霓：「你想害死我媽媽啊！我不會放過你……」

　　「不是我……」小霓覺得十分委屈，她不顧性命危

險，想要
救蔡媽媽，
卻被誤解……

　　村民愈聚愈多，
比手畫腳的爭相述
說剛剛發生的
事情，小霓這
才知道，開車
撞人的就是破壞蔡媽媽
婚姻的小三，因為蔡爸爸始
終不肯離婚，所以，她決定嚇退蔡媽媽，讓她自動離婚。

　　蔡其珍攙著媽媽，默默的離開，藍溪憤憤不平說：
「她們怎麼可以這樣，你冒死救她的呢！」

　　小霓揮揮手，阻止藍溪說下去，她似乎有點明白，媽媽
每晚偷偷哭泣的滋味，那是一種心碎，那是一種羞愧……

彩虹村的第一樁慘案

　　小霓不顧自身安危，救了蔡其珍的媽媽，她以為，蔡其珍對她的態度會變得比較和善，沒想到，上學途中遇見了，蔡其珍依然立即轉過頭去，假裝沒有看到她。

　　聽鄰居說起事件始末的江學志，見到這情況，即刻擋住蔡其珍去路，雙手環抱前胸說：「你要跟孟小霓說謝謝，她救了你媽媽。」

　　「那也不能掩蓋她媽媽是小三的事實，我恨所有的小三，根本就是破壞家庭的吸血鬼。」蔡其珍咬牙切齒說著，竟然流下眼淚。

　　小霓突然一陣不忍，想起外公常常說，做好事是不求回報的，她跟江學志搖搖頭：「算了。」

　　蔡其珍走遠後，江學志就說：「你知道那個小三為什麼到彩虹村大鬧，因為蔡爸爸想要跟蔡媽媽破鏡重

圓……。」

「那是好消息啊！她應該高興才對。」身旁的藍溪頗不以為然。

「可是，我聽說蔡其珍反對，她把她爸爸趕了出去。」江學志說出驚人內幕。

「如果是我，我一定會留下爸爸。」小霓小聲說，雖然她無法原諒爸爸欺騙媽媽，可是，她仍然渴望擁有爸爸，即使他是別人眼中腳踏兩條船的壞人，她還是會接納他，就是做她一天的爸爸也好。

「那麼，彩虹村的第一樁慘案，是不是跟蔡家有關？」藍溪好奇的問。

「我不能說，我會被打扁。」向來口無遮攔的江學志卻倏地閉嘴，快速跑開，留下小霓跟藍溪面面相覷。

「到底是誰呢？這麼神祕。」小霓很難想像，大嘴巴江學志也有藏得住的祕密。

不過，太陽底下沒有新鮮事，遲早，她會知道彩虹村

所有的故事。

　　因為教師節快到了，作文課時，白板上寫著「老師教我的事」幾個大字，國文老師說：「我不是要你們寫我喔！想想看，你們從小到大，遇見過許多老師，他們對你有些什麼影響，改變了你們的觀念。不要只是高談闊論、歌功頌德，希望你們寫出實際的例子。寫得好的人，老師會幫你們寄去投稿。」

　　小霓的文筆不怎麼好，咬著原子筆頭發呆。她好羨慕《一千零一夜》的作者，那麼有想像力，可以編出那麼多的故事。可是，當江學志聽到她這麼說時，卻有不同看法：「如果你快要被砍頭，也會被激出這麼多的靈感。」

　　藍溪則有另外的體會：「我覺得是國王愛上女主角，又不好意思說，只好故意說他想聽續集。」

　　別說是一千零一夜，她現在連一堂課都熬不過，怎麼辦呢？到底有哪一個老師可以寫呢？

　　這時，她的眼光瞄到蔡其珍的背影，突然靈光乍現，

她不一定要寫課堂裡的老師，可以改寫生活中的老師。

於是，她第一段這樣寫著：「老師有很多種，教室裡的、家裡的、路上遇見的，只要能夠啟發我的，都可以算是老師吧！」

接著，她寫下自己跟蔡其珍之間的故事——

「剛開始，我很討厭她，我想她也很討厭我。可是，我不知道原因。

直到偶然間，我聽說她爸爸和媽媽的故事，我才知道，她受過很深的傷害，她因為仇恨破壞她家庭的人，所以，『恨烏及屋』，不喜歡接近我。因此，我終於釋懷了，對她的討厭也少了幾分。

她教會我一件事，就是不要只看事情的表面，多了解、多體諒，我們就會少一個敵人、多一個朋友。」

她的文章寫得不長，所以，很快就繳出作文簿，老師問她：「這麼快，怎麼不多想想？」

她笑笑，沒有多說，走回座位發呆，身旁傳來同學

們振筆疾書的沙沙聲，還有蔡其珍的冷嘲聲：「哼！愛現」。

午休的時候，小霓在走廊遇見國文老師，老師叫住了她：「小霓，老師看過你的作文了，寫得很好，能夠這樣想，老師就放心了。」

小霓微微皺眉，老師放心了？表示老師之前擔心她？老師又知道她多少事？是外婆說的嗎？可是，外婆外公都不是這樣多嘴的人。但是她至少感覺得到，老師關心她，老師是個好老師。

那她要如何報答老師呢？

放學整隊時，她聽到何如晴炫耀似的跟蔡其珍說：「我爸說要送給老師一個智慧型手機。」

小霓嚇了一跳，她以前住在城裡，每次同學合資要送老師禮物時，媽媽都說：「我們沒有多餘的錢，你自己做一張卡片送老師吧！好老師是不會計較禮物的價錢而是重視價值的。」

沒想到，位於鄉間的彩虹村，大家仍然比賽誰送的禮物比較昂貴嗎？她只好悄悄問江學志要送什麼禮物。

　　江學志兩手一攤：「怎麼可能花大錢？我媽會說，如果家裡有錢，還不如買肉來吃。送給老師最好的禮物，大概就是我考試一百分了。」

　　當小霓還在思索是否親手做香草餅乾送老師時，就被接二連三上門的外公學生嚇到了，他們紛紛送來鄉土味十足的教師節禮物，剛剛從樹上採摘的木瓜、鮮嫩的絲瓜、帶著泥巴的四色地瓜、醃製的金桔醬、手工皂、香腸、雞蛋……甚至有人送來一隻活蹦亂跳的公雞。

　　外婆不知道如何處理這隻公雞，又不敢自己宰殺，只好養在後院裡，於是，接下來的清晨，小霓再也不需要鬧鐘，就被公雞的啼叫吵醒了。

　　小霓這才發現，彩虹村的人跟城裡人真的不一樣，這樣的禮物雖然要不了多少錢，可是，好有人情味喔！她終於確定自己要送老師的禮物了。

送禮的熱潮直到教師節黃昏才停歇，外婆正在說：「我看我們一整個月都可以不用買菜了。」門鈴又響了，竟然是從城裡來的訪客，是外公以前教過的大學生，長得黑黑瘦瘦的，外公要小霓叫他「尹哥哥」。

小霓興奮的跟外婆說：「我希望他送牛肉乾。」

沒想到，尹哥哥非但沒有帶禮物來，而且到了晚餐時分，也沒有離開的意思，外婆親切的邀請他：「時間不早了，你跟潘老師聊得這麼開心，就留下來一起晚餐吧！我剛好煮了南瓜湯，我記得你最喜歡師母的南瓜湯。」

小霓不太喜歡家裡有陌生人一起進餐，臉上的表情透露出心事，外婆有意無意的跟她說：「小時候，每到晚餐時間，眷村裡的伯伯叔叔就會來串門子，然後順便留下來吃飯，我喜歡的雞腿或是排骨就落到他們碗裡，我氣得不跟媽媽說話。然後媽媽告訴我，這些叔叔伯伯都是因為打仗獨自來到台灣，他們沒有家，孤孤單單一個人，跟我們一起吃飯，讓他有家的感覺……那以後，當他們留下來

時，我反而會主動幫他們盛飯⋯⋯。」

小霓只好聳聳肩，很無奈的幫忙端碗筷，準備餐桌。當小霓走到餐廳時，卻聽到尹哥哥跟外公說：「老師，我是逃家出來的，因為我爸到對岸做生意，另外有女人，不回來了。我媽天天念、照三餐罵我爸、動不動就掉眼淚。今天她又在數落我爸爸，還說天底下的男人沒一個好東西，我就衝了我媽幾句，我媽罵我沒良心，吃她的飯卻幫爸爸說話，她一氣之下就把我趕了出來⋯⋯。」

小霓真想跟他說：「你是個大笨蛋，媽媽這麼傷心，你不同情她，還要嫌她嘮叨⋯⋯」可是，她不好意思說，只是看了尹哥哥一眼。原來，每個家庭都有傷心故事，好像世界上充滿了負心男人。

尹哥哥又說：「其實，我心裡也很恨爸爸，他不但拋棄媽媽，也拋棄了我。可是，媽媽也有錯，我爸叫她一起過去大陸，她捨不得放棄台灣的工作，才給了別的女人可趁之機。」

　　小霓想起同樣恨爸爸的蔡其珍，為什麼父母不能以身作則，讓孩子以恨代替愛，過得這麼痛苦？

因為尹哥哥的媽媽在氣頭上，他暫時無家可歸，外公就讓他住在書房裡，他們又聊了好久，小霓睡覺時，只見客廳的燈還是亮的。

　　大概是喝了太多碗南瓜湯，半夜，小霓因為尿急不得不起床，經過外公外婆房間時，卻發現門縫底下露出光線，她隱約聽到他們爭執的聲音。他們竟然在吵架？這幾乎是不可能的，外公是少見的溫柔男生，跟外婆說話總是像大提琴般，即使激昂，也感覺不到怒氣。

　　她忍不住停下腳步，把耳朵貼著房門。

　　外婆怪外公，懂得收容學生，卻不肯原諒自己女兒：「虹虹身體不好，你都不准她回家休養，讓她在外流浪，你真狠心。你還不是愛面子，擔心別人取笑。」

　　外公壓低嗓子說：「從小教她守身如玉，她卻不懂得潔身自愛，放縱愛情，還愛上有婦之夫，怎麼能怪我？不要說了，睡覺吧！我明天還要上課。」

　　小霓終於得到證實，她的爸爸是別人的爸爸，雖然早

在預期中，但她原來還抱著一線希望，媽媽是被冤枉的。如今，在剎那間被掐死所有希望，彷彿被連根拔起的迷迭香，徹底死絕了。

怪不得媽媽在許多夜晚都是邊哭邊睡著的，她想用眼淚洗清自己的罪，還是讓眼淚帶走她的悲傷？

她深呼吸了幾口，擦去眼角的淚水，肚腹之間更加發脹，連忙走下樓，正要打開廁所門，卻聽到外公書房裡窸窸窣窣，難道是尹哥哥失眠睡不著嗎？

她從半遮掩的書房門望進去，嚇得渾身發冷，尹哥哥正在把外公書房裡值錢的裝飾品一一裝進背包裡，尤其是外公珍藏的一座銅牛雕像，是上百年的骨董，他也用報紙包了，塞進背包。他假裝來投靠，其實是想要偷東西變賣？

她忍不住大叫起來，尹哥哥回頭發現門外的小霓，匆忙揹起背包，使勁推開她，開門大步跑出去。等到外公外婆聽到聲音趕下樓，尹哥哥已經衝出外院，跑得無影無

蹤。

小霓結結巴巴的敘述她看到的景象，外公深深嘆了一口氣：「好好的一個孩子，變成這樣。算了，不管他了，就當是我送給他的。大家睡覺吧！」

外婆囁嚅著提醒外公：「那是你爸爸留給你的⋯⋯」

小霓也問：「要不要打119報警？」

外公搖搖頭：「那他就毀了，我想，還是給他一條生路吧！」

外婆看了一眼外公，卻沒有開口，莫非外婆想說，你都可以原諒別人，為什麼不能原諒女兒？

大概是外公太愛媽媽了，所以無法忍受媽媽的背叛吧！

小霓這才想起自己憋了好久的尿，急忙衝到廁所，解放的那一剎那，只覺渾身輕鬆，如果心裡的敗壞念頭或是負面情感都能這樣排掉，是不是大家都能快樂過日子呢？

※　　　　※　　　　※

因著尹哥哥逃家事件，小霓的心情又變得沉重起來，看到蔡其珍，頭也低低的，好像她虧欠了全天下被小三奪走爸爸的人。

　　上完第一堂課，小霓聽說藍溪不舒服，正要去找她，卻見到不斷有人在走廊上跑來跑去，原來是電視台記者到校園採訪，因為有人把蔡媽媽被小三開車追撞的畫面放到網路上，引起大家關注。

　　記者指名要訪問見義勇為的小霓，小霓被同學推上前去，尤其是江學志興奮得不得了，指著小霓說：「就是她，她不顧自己生命危險，拚命的擋住汽車。」

　　「這位同學，請問你當時怎麼會有這股勇氣？」記者好奇的問。

　　小霓不想出這種鋒頭，往後退著。

　　聞訊趕到訓導處的蔡其珍大聲抗議：「她是小三的女兒，她不配被訪問，她這種人根本不應該活在世界上。」

　　記者一聽，立刻豎起兩隻新聞耳，追問道：「你是

說，她就是那個開車撞人的小三的女兒？」

「不是啦！你搞錯了。」江學志糾正記者。

蔡其珍繼續大聲說：「該被車撞死的就是她這種小三的女兒。」

小霓張大眼睛瞪著她，為什麼媽媽的錯要她承擔，為什麼她不顧性命救了人還被咒詛死掉？

跟蔡其珍一幫的同學也在一旁起鬨：「是啊！去死啊！彩虹村的汙染源。去死啊！彩虹河又沒有蓋子。」

一夜沒睡好、頭痛欲裂的小霓，再也承受不了排山倒海的壓力，所有的眼睛就像幾千瓦的探照燈照向她，每張罵她的嘴巴彷彿射出千萬枝利箭射向她，她撕裂胸肺般大喊了一聲：「你們不要再說了！」

她摀著耳朵，拔腿就跑，衝離校園，在山路上疾奔，直跑到池塘邊，她才停下腳步，用力的喘氣，哭到整顆心都要嘔了出來。沒想到，藍湖卻突然出現在她面前，關心的問她：「你怎麼了？為什麼哭？是不是藍溪發生什麼事了？」

她怎麼這麼倒楣，每次都在這種尷尬混亂的時候遇見藍湖，她不停甩著頭：「不要你管，你走開，你去看藍溪！」

　　隨即用力推開他，正要往山下跑，國文老師卻在後面叫住了她：「孟小霓！」

　　彷彿遇見救星般，小霓的雙腿一軟，整個人跪跌下去，藍湖幫著老師扶住她，然後很識趣的說：「老師，孟小霓就拜託你了，我妹妹身體不舒服，我要趕去看她。」

　　老師陪著小霓坐在池塘邊的石塊上，摟著她的肩膀，撫摸著她的頭髮：「想哭就盡情的哭一哭吧！哭完了，我們再想想，怎麼面對這個世界。」

　　哭了一會兒，小霓坐直身體，吸了吸鼻子，問著：「梅老師，為什麼我媽媽犯了錯，他們就要我去死？」

　　「你一定覺得不公平，對嗎？」

　　小霓點點頭。她常在報上看到一些名人明星也是這樣介入別人家庭，可是，他們非但沒有遭到批評，還因為

這些緋聞變得更紅，生下的孩子變成許多男生追求的大明星。而她卻被逼得幾乎無路可走。

「我也沒有想到彩虹村民這麼不友善。你媽媽還以為把你送到這裡，可以平安長大，可是，他們扔擲的石頭並不比城裡人來得小。」梅老師嘆口氣說。

「我媽媽？老師你認識我媽媽？」小霓聽出話中有話。

「我也不瞞你了，我跟你媽媽是大學同學，當初我們住在同一個宿舍，畢業後又在同一家公司上班。」梅老師跟媽媽的交情竟然如此之深，讓小霓很意外。

「那你也認識我爸爸了？」小霓試探地問。

梅老師點點頭：「當你媽媽懷孕之後，大家都勸她把孩子拿掉，她堅持生下來，因為她愛你爸爸，她說她寧願一輩子不結婚，也不能失去你。但是，那也是她苦日子的開始。」

媽媽為了她，忍受那麼多屈辱，小霓應該要感謝她嗎？媽媽哪裡知道，生下她之後，也是小霓苦日子的開始。

「那你怎麼會到彩虹村呢？」

梅老師緩緩捲起她的袖子，小霓看到她手臂上扭曲的疤痕，嚇得說不出話，怪不得老師在夏天也穿著長袖衣服，大家還以為她怕被太陽晒黑，竟然是為了隱藏這些醜陋的疤痕。

「當我指責你媽媽的同時，我才發現自己也介入了別人家庭，為了懲罰自己，也為了贖罪，我隱居到彩虹村當老師，誰知道，對方的妻子卻找人來教訓我，用硫酸潑我……」

梅老師邊流淚邊說：「當時，彩虹村的人卻伸出援手接納了我，所以我才能鼓起勇氣活下來。沒想到事隔十幾年，人心的良善卻消失了。儘管環境如此惡劣，小霓，你要像一枝永不低頭的小草……。」

謎底終於揭曉，彩虹村的第一樁慘案竟是因為國文老師而起，這真是大出小霓意外……。

綠屋虹霓　122

葉子落下的身影

　　小霓不曾談過戀愛，當然也就沒有失戀的經驗，可是，她卻被梅老師深深感動，因為梅老師雖然在愛情路上跌跤、受傷，可是，她心中沒有怨恨，而且活得很快樂，把她的愛分給每一位學生。

　　為什麼她的媽媽、蔡其珍的媽媽，都在眼淚和嘆息當中，甚至還影響她們這些小孩。

　　如果為了已經變色的愛情，賠上自己的快樂，多麼不值得，小霓決定要效法梅老師，為自己增添一對快樂的翅膀。

　　她決定要做到的第一件事，就是不管別人如何欺負她、嘲笑她，她也不生氣，還要笑臉迎人。

　　想的容易，要做到卻不簡單，尤其是蔡其珍，視她為眼中釘，恨不得把她拔除掉，才能一解心頭之恨。每次見到小霓，都會反覆提醒她：「你媽媽是小偷，你也是小

偷，她偷走了別人的爸爸，你偷走了我的快樂。」

小霓強壓住心中的怒氣，不回應，也不生氣，努力、用力擠出笑容，雖然她知道，這個笑容肯定不好看，但至少是個笑容。

時間久了，同學們反而同情小霓，尤其是班長何如晴更以行動表示對她的支持，特別邀請小霓參加她一年舉行一次的生日派對。

李美彌頗不以為然：「啊？為什麼要找孟小霓，那不好玩。」

江學志卻力挺小霓：「拜託，人家何如晴的生日，又不是你生日，你不爽，不要去好了。」

呂棟彬拉拉李美彌的袖子：「你少說幾句，我們玩我們的，反正何如晴家很大，你不要跟她在一個房間就好了。」

大家七嘴八舌的計畫要穿什麼衣服，興奮得不得了。

小霓不曉得是否要答應時，許惠欣連忙跟她說：「去

啦！小霓，很好玩的。因為何如晴家是彩虹村唯一的豪宅，而何如晴又是獨生女，所以她的生日派對既盛大又熱鬧，花園的烤肉宴，足夠一百人吃吃喝喝，牛排、炸雞、蛋糕、點心、水果……吃都吃不完，還有樂團唱歌。他們家的房間更是漂亮，而且全部開放參觀呢！」

就在這時，蔡其珍氣呼呼的走到何如晴面前說：「如果孟小霓去，我就不去。」

因為蔡其珍一直是班上的資優學生，各方面表現優秀，所以很多同學以做她的朋友為榮。沒想到，何如晴卻說：「我邀請的人就是我的客人，你不想去，隨便你。」

蔡其珍的臉好像紅綠燈，一下紅一下綠，尷尬的只好說：「不去就不去，誰稀罕！」她才說出口就後悔了，只能狠狠的瞪孟小霓一眼。

本來小霓不想答應，就因為蔡其珍的抗議，反而激發她的好奇心。外公外婆為了鼓勵她多跟同學接觸，特意陪她進城買新衣服，隨她挑選自己喜歡的樣式。不像媽媽，

嫌百貨公司或專櫃的衣服太貴，買給她的總是市場裡一百元一件的特賣服裝，讓她看起來比實際年齡老了許多。

當小霓穿著翻毛短夾克、短裙加內搭褲，還有短靴出門時，剛好遇見藍湖，他的眼睛一亮，忍不住誇她說：「怪不得俗話說，佛要金裝人要衣裝，孟小霓，挺正的嘛！」

「你少來。」小霓拉拉夾克，有點不自在，索性轉身就跑。

「小心啊！不要摔跤了，你上次摔的傷口才好……。」藍湖在她身後大喊，小霓愈發加快腳步，三步併作兩步跳下石階，心底卻為著有人關心她而溫暖著。

※　　　※　　　※

小霓畢竟沒有參加過這麼盛大的生日派對，進了何家門後，獨自縮坐在角落的椅子上，晃動著雙腳，東張西望著。幸好沒多久，江學志也到了，立刻招呼她：「你怎麼坐在這裡，去花園吃烤肉啊！」

小霓搖搖頭：「我不餓，你陪我聊天好不好？」

江學志聳聳肩，兩手一攤說：「可是我餓了，從早上到現在都沒有吃東西，就是想一次把肚皮塞到爆，然後再分次消化。我先去吃東西，再來陪你。」

倒是何如晴比較貼心，她沒有怠慢任何一位賓客，特意端了一盤炒麵，配了蘑菇和幾隻大蝦仁，端給小霓：「你自己照顧自己喔！到我家別客氣，花園有各種飲料、甜點，你也可以到處看看。」

小霓很快的吃完炒麵和蝦仁，她舔著嘴脣，覺得真是美味，比大餐廳都好吃，雖然她幾乎沒有去過什麼大餐廳。

她擱下盤子，從客廳往裡面的房間走著。聽江學志說，這間豪宅本來是一位航海的冒險家親自設計的，每個房間代表一個國家的風格，可是後來航海家遇到海難，意外過世，他的家屬不想留在這個傷心地，便宜賣掉，被從事珠寶生意的何爸爸買下，重新裝潢。只是因為他家人口

不多，除了過年過節招待國外的親戚，房間多半都是空著的。

　　對小霓來說，外公外婆家像伊甸園，何家則是伊甸園裡的皇宮，忍不住羨慕起何如晴這麼好命。

　　她走進擁有奶白色鑲金邊梳妝台的房間，只見窗戶、床鋪、沙發都是同一色系與設計，心想，這是女主人的房間，還是何如晴的房間？在豪奢中透著典雅，這難道是所謂的維多利亞風？

　　她緊盯著鏡中的自己，剎那間，她彷彿變成穿著綴滿蕾絲和珍珠的蓬蓬裙的公主。當她正沉浸在幻想中，突然，鏡子裡出現一位臉上有一大片胎記的女人，小霓渾身抽冷，莫非是鬼？連忙回頭，大聲問「是誰？」，卻不見人影。

　　她急急追出房間，卻跟江學志撞個正著，她順勢推開他：「你不要擋住我，走開啦！」

　　「什麼事情？看你這麼慌張，臉色發白。」江學志抓

住她的手臂。

「有一個女人，她的臉……」她結結巴巴說不清楚。

「哪有什麼女人？我剛剛走過來，什麼人也沒有看到。」

可是，小霓明明看得很清楚，那個女人的嘴角還往上揚了一下，像在笑，又像在哭。難道這個屋子裡，隱藏著什麼祕密，就像小說裡寫的，囚禁著一個發瘋的女人？

她提出心中的疑問：「江學志，我怎麼沒有看到女主人？」

江學志將食指擱在嘴脣中間，「噓！」了一聲，「這是不能說的祕密。」

可是，禁不起小霓再三追問，離開何家時，他勉強透露一點點訊息：「何如晴的媽媽不會生小孩，她是借腹生子的。」

「什麼是借腹生子？」小霓追問。

「就是……就是……，生她的人不是她媽媽。好了

啦！我不能說啦！這是很少人知道的事情。」

「那你怎麼知道？」小霓覺得不可思議。

「我不告訴你，不告訴你，這是我的祕密。」江學志邊跑邊說，「我要把點心帶回去給我弟弟吃了。」

※　　　※　　　※

小霓往回家的路走，邊走邊哼著歌，回想著何如晴家吃喝不完的食物、不同風情的房間、種滿蘭花的花房，還有長胎記的奇怪女人……或許外婆會知道內幕，她是寫文章的人，經常到處蒐集寫作素材，她在彩虹村住了一陣子，鄰居的故事多少也會耳聞。

彎進她家的山路，只見藍湖氣沖沖的從石階上衝下來，她看他一眼，正要回送他一句：「小心啊！不要摔跤了。」

他卻先主動開口：「氣死我了，不曉得哪個神經病，腦袋有問題，把我家的大門噴了亂七八糟的塗鴉。我要去找村長！」

大門塗鴉？前不久藍湖才發起彩繪大門的運動，許多戶響應，把每扇大門漆成不同顏色，藍家是黃門、江學志家是紅門、許惠欣家是紫色的門……多彩多姿，煞是美麗，如果被塗鴉的話，簡直是難以想像的災難。

　　小霓這才記起，回家路上，好像看到有些人家的大門也有塗鴉，這絕不是偶發事件。

　　她很快的跑上石階，氣喘吁吁的查看外婆家綠色門，依舊故我的帶著點斑駁，沒有塗鴉。這下可好了，被塗鴉的將會懷疑是沒有塗鴉的人家搞鬼，彩虹村又要雞犬不寧了。

　　鄰居議論紛紛，村長跑上門找外公，請教他：「潘老師，請問你最近山裡有沒有鬼鬼祟祟的可疑人物出沒？」

　　外公有禮貌的說：「如果我看到，我會第一個逮住他。」

　　雖然小霓沒有參加彩繪門行動，可是，也很生氣這位「塗鴉人」，上下學特別在山上小徑轉一轉，看看是否會

遇上行跡可疑人士。

江學志嚇唬她：「你還是快回家吧！現在天黑得比較早，山上很危險，萬一真的躲了壞人，你會有生命危險。」

「我不怕！」小霓搖搖頭，「我沒有做虧心事。」

因為有人謠傳誰家做了虧心事，大門就會被塗鴉，這好像一種標示，搞得全村互相猜疑，一天找不到「凶手」，一天沒有寧日。尤其是熱心公益的藍湖，更是村前村後跑來跑去，比學校考試讀書更認真。他每次遇見小霓，都會問同樣的話，「有沒有新發現？要不要跟我一起抓凶手？」

小霓眼前突然晃過何如晴家的胎記臉女人，會跟她有關嗎？她是小霓最近見到的唯一怪人，難道是她在感情上受到傷害，於是塗鴉洩憤？

※　　　※　　　※

兩天後，彩虹村裡同時來了兩家電視公司的記者，大

家以為他們要來採訪「塗鴉人」的新聞，未料，卻是因為上回蔡媽媽被小三開車追撞，記者到訪時，注意到彩虹村的彩繪大門很有創意，分別要在「台灣真好看」、「台灣有看頭」的單元中報導。

當他們發現美麗的大門都被塗鴉抹得亂七八糟，十分失望，記者不得已，改為報導「彩虹村民團結力量大，有獎行動找出塗鴉人」。

小霓上課時，老師特別提到這件事，大家很興奮，準備晚上收看新聞報導，江學志則說：「爭取獎金比較重要，這下子肯定會很快找到凶手，搞不好我家還可以換一扇新的大門。」

下課鐘響不久，藍溪在小霓教室門外揮手，她十分納悶，會是找到凶手了？還是，藍溪又不舒服了？昨晚好像聽到他們家傳來爭吵的聲音。

藍溪卻在她耳邊悄悄說：「剛剛有記者來學校，要找一位企業家的私生女，聽說那位企業家生病了，他很有

錢，要把遺產全部給他的女兒，你……會不會是他們要找的女孩？」

「記者呢？」小霓問。

「校長跟記者說，我們學校沒有這樣的女生，記者就走了。是你嗎？」

小霓咬著嘴脣，會是她爸爸來找她嗎？不可能，她爸爸應該不是什麼企業家，只是媽媽以前公司的小主管。

於是她說：「不是吧！我媽沒有提過。」

可是，回到家，她有意無意的說起這事，外婆沒有多說什麼，外公卻說：「這種人好意思大張旗鼓找孩子？這些女人都像你媽媽一樣傻，相信別人的話，人家沒孩子，需要她同情嗎？要生孩子，就要明媒正娶。」

這麼說來，是另一個也有小三的男人，不是她爸爸。這個世界上，怎麼有這麼多錯綜複雜的愛情故事啊？她以後長大，一定要找到一個對愛情專一的男人，否則她就不結婚。

當她這麼跟藍溪說時，藍溪幽幽的嘆口氣：「很難的，現代的愛情根本就是無解的方程式。」

可是，畢竟紙包不住火，這件事還是在校園傳開來，蔡其珍責怪小霓：「自從你來到彩虹村，彩虹村沒有一天太平的日子。」

小霓覺得很委屈，只好去找梅老師，想要探聽關於她爸爸的身分，梅老師卻告訴她：「這事我也不是很清楚，你媽沒有多說，一個人悶在心裡。我只知道那個人是個生意人，他太太不會生孩子，你是他唯一的孩子。」

同樣是唯一的孩子，她跟何如晴的命運卻是天差地別。況且，既然是唯一的孩子，她爸爸為什麼不來找她，他根本不在乎她？還是媽媽隱瞞了小霓的出生？

雖然如此，小霓還是希望有一天，會聽到學校擴音器傳來：「孟小霓同學，請到訓導處來，你的父親找你。」

到時候，她就可以把頭抬得高高的走出去，讓蔡其珍他們知道，她也是有爸爸的。她會等到這一天嗎？

　　　　　※　　　※　　　※

　　掃除時，負責外掃區的小霓，握著竹掃把的長柄，掃著落葉，枯黃的葉片失去了水分，也沒有了生命，掃幾下，就碎成好幾小片，從地上轉移到畚箕裡，然後，從畚箕裡轉到垃圾桶，從此乏人問津，結束葉子的一生。有誰會重視它呢？她的命運也是如此嗎？

　　因為心情有些低落，她不想立刻回家，江學志要回去幫忙煮飯，不能陪她，她揮揮手說再見：「去吧！我習慣一個人在山上，你忘了嗎？」

　　她站在山徑上，獨自漫步著，一陣風過，涼意像一把刴冰滑進領口，她沒有拉緊衣領，反而是張開雙手，迎接飄落的樹葉，每片落葉的身影都不相同，卻同樣帶著哀傷與不捨。

　　她仔細觀看，發現這些落葉有紅有黃、半紅半黃、或是黃中帶著幾小點的綠……跟春夏之間全然的綠不同，原來，生命結束的剎那，才是葉子最美的時刻。

「你喜歡落葉？」坐在樹後好一會兒的藍湖突然現身，嚇了小霓一跳。

「你怎麼躲在這裡？沒有上輔導課？」

「今天考試，比較早下課。我特意來逮塗鴉人啊！」

這裡沒有住家也沒有門，怎麼會有塗鴉人？小霓不拆穿他，只說：「我很意外，落葉也會這麼美麗。」

「是啊！生命好像一片落葉，曾經美麗在枝頭，落地以後，又成為土壤的養分。」藍湖似乎有感而發，話中帶著幾分哲理，跟秋天的氣溫一樣涼颼颼。

「昨天，你們家很……熱鬧？」小霓猜他的心情，應該跟昨晚的爭吵有關。

「是啊！我爸交女朋友了。」藍湖輕描淡寫的說，「很快的，我媽在他心裡也會逐漸褪色。」

走到家門口時，藍湖跟小霓說：「你等一下，我拿東西給你。」

他遞給她的是夾了幾片紅葉的筆記本：「這是我跟我

媽去濟州島時撿的紅葉，那時，我媽的身體就不太好，她曾經說，她就像這一片片紅葉，落下的身影，也是如此淒美。」

「你……」小霓不解，他為什麼不再保存跟媽媽有關的紅葉？還沒問出口，藍湖已經轉身關上門。

莫非是因為藍爸爸交了新女友，藍湖不希望爸爸難過，希望爸爸可以開始新的人生，所以他也決定把媽媽放在記憶裡。是這樣嗎？舊的不去，新的就不能來嗎？

轉個彎，小霓意外看到穿著連帽外套的人拿著噴漆罐對著外婆家的綠門正要塗鴉，她緊張的發著抖，忍不住張口大叫：「塗鴉人出現了！」

她很快的衝過去，藍湖也聞聲趕過來，用力扯下他的帽子，竟然是在何如晴家看到的胎記臉女人……。

一起上山找樹

小霓發現胎記女人一臉的驚恐，眼神卻滿含悲傷，在傍晚的昏暗天色中，右臉胎記更加深沉，小霓呆站著，不曉得是不是要跟藍湖一起衝過去抓住她？

藍湖發現塗鴉人是一位中年女性，也有點意外，但還是忍不住拽住她的袖子，厲聲喝問：「你為什麼要破壞大門？快跟我去派出所。」

塗鴉人只是低垂著頭，沒有為自己辯解。

就在此時，何如晴從台階下跑上來，上氣不接下氣，深怕晚了一步，塗鴉人就被抓走了。

「小霓，你快跟你們鄰居哥哥說，放過她吧！她沒有惡意。」何如晴幾乎要哭出來。

小霓不曾見過行事規律的何如晴如此慌亂，也為了解開心中謎團，忍不住問她，「她是誰？是你保母嗎？」她記得江學志說過，何如晴的母親不會生育，是借復生子

綠屋虹霓　140

的。

　　塗鴉人急忙拉著何如晴的衣袖，用眼神示意她趕快離開，何如晴卻深吸一口氣，好像要做出很重要的決定，她緩緩的說：「她是我──媽媽。」

　　「啊？」小霓臉上冒出了好幾個問號，胎記臉女人真的是何如晴的親生母親，她為什麼要隱藏自己？是因為她長得醜，不願意別人笑話何如晴，所以，躲在何家的小房間裡，默默陪伴照顧何如晴。還是，她是借腹生子，不想奪去何家女主人的地位？

　　這時候胎記女人說話了，聲音低沉卻堅定，彷彿冬天的風吹過，「我只想跟心愛的小晴安靜過日子，可是，現在的彩虹村不再安靜了。如果破壞每扇大門，讓彩虹村變醜了，就不會有人來。」

　　從外表感受到的幸福，脫去包裝，原來都有一段令人意外的故事。小霓的心頭酸酸的，想起避居國外的何媽媽，因為無法生育，放棄了自己的婚姻，而真正生下何如

晴的媽媽，卻不敢拋頭露面。

　　太複雜的情節，彷彿外婆翻譯的小說，她一時無法釐清，只好勸藍湖，「算了，讓她走吧！」

　　藍湖點點頭，鬆開自己的手，讓胎記女人跟何如晴一起走下山。

　　當她們母女相偕離去，步下台階，那緊握著手的背影，卻透著一股悲涼後的溫暖。這時，遠方的彩虹橋上方，出現了一道彩虹，虹的旁邊，隱約有一道霓。

　　媽媽是虹，她是霓，她們的生命都來自於陽光的照射，相互依存，小霓不由得看出了神，別人又是怎麼看待她跟媽媽的背影呢？

※　　　　※　　　　※

　　後來，藍湖找了一番說詞，說他發現塗鴉人，不想再掀起大浪，給他機會改過自新，所以放他走了。

　　塗鴉畢竟不是罪大惡極之事，只要沒有人再胡亂塗門，也就沒有人追究。家家戶戶的門，粉刷後又恢復五彩

繽紛，小霓卻不想配合藍湖的行動，刻意跟他唱反調，繼續維持外婆家原來的綠門。

「為什麼？」藍湖忍不住在路上攔住她問。

「綠山綠屋綠樹綠門……真是好看。」她皺皺鼻子，促狹的笑著微抬起頭。經過塗鴉人事件，好似他們的關係不再劍拔弩張，多了一點輕鬆。

「那好，另一項活動你一定有興趣。」

藍湖又有新點子了，他說服村長舉辦聖誕樹布置比賽。讓整個小鎮充滿聖誕氣氛，成為人人矚目的美麗小鎮。

「我想讀書。」小霓搖搖頭。

「少騙人了，你只喜歡遊山玩水，怎麼會想讀書？」藍湖糗她。

她卻不置可否，甩著頭，登登登踏上外婆家台階。心想，藍湖都高二了，怎麼不專心在課業上，跟她一樣玩心重，他還要不要考大學了？

當藍溪來找小霓商量，說服她一起布置聖誕樹時，小霓忍不住提到她對藍湖的質疑。

　　藍溪笑得好開心，「你什麼時候這麼關心我二哥？」

　　「誰關心他。」小霓沉下臉，又恢復往昔的淡漠。

　　藍溪卻繼續說：「別說你覺得納悶，我也覺得奇怪，我二哥厲害著呢！他考試都是班上前三名，也不曉得他都用什麼時間念書。我就不行，看到書本就打瞌睡。好啦！回到正題，我們兩家一起布置，即使沒得名也沒關係。」

　　外公也鼓勵她，「小霓，這比去參加聖誕party、吃聖誕大餐有意義多了。」

　　「可是，我不想用假樹。」小霓有點心動了。

　　「可是買真的樹很貴呢！」藍溪以為她是找藉口推託。

　　「我們可以上山找樹，找一棵冬天裡也長青的樹。」

　　她看過一個關於聖誕樹的故事：洛克斐勒中心的園藝長要找一棵漂亮的聖誕樹，他千里迢迢在遠方的修道院發

現這樣一棵雲杉，可是，從小跟雲杉一起長大的修女卻捨不得讓出它。直到雲杉遭到暴風雨襲擊，修女知道它無法活得很久了，只好忍痛做出決定，把雲杉搬到洛克斐勒中心，讓它的生命在最後的時刻，還可以分享美麗與溫暖，帶給許多人歡喜。

當小霓說出這個故事時，加強語氣說：「我們也可以找到這樣一棵樹。」

雖然小霓熟悉山上的路，他們覺得還是有個男生同行比較好，於是，約了江學志一起上山找樹。

周六下午，當他們到藍溪家集合時，藍湖知道這事，立刻說：「山上的樹應該都有主人的，你們這樣會不會違法？」

藍溪笑笑說：「二哥，你放心，我們早就打聽好了，山地的主人說，只要是撿拾倒下來的樹，就沒有關係。」

藍湖「喔！」了一聲，「我本來想買現成的樹，既然這樣，我也去吧！至少可以幫你們扛樹。」

小霓正要拒絕藍湖這個死對頭，藍溪卻開口邀一旁看電視的藍海，「大哥，你也一起去，你可以保護我們。」

　　藍海斜睨藍溪一眼，原本想說「不去」的，藍溪似乎猜透他心事，忙撒嬌說：「大哥，好啦！你平常都很少陪我，拜託啦！去一下就回來的。」

　　藍海既然加入找樹行動，小霓也就沒有不讓藍湖參加的道理。

　　除了必要的工具，擔心山裡天氣不穩定，他們也準備了簡單雨具，少許乾糧和飲水。

　　對身體虛弱的藍溪來說，上山的路走得很喘，所以大家的步伐都不致太快，邊走邊停，沿路欣賞山上的風景，藍湖好奇的問：「小霓，這些路你都走過？」

　　小霓點點頭，江學志附和說：「我也常常到山上來，只是，我不像孟小霓這麼喜歡到山上冒險，我比較喜歡河邊。」

　　半途休息時，藍海環顧四周，「滿山都是樹，隨便

找一棵就好了，反正掛上釘鈴鐺噹的裝飾品，就很漂亮了。」

藍溪卻說：「大哥，你不懂，要找一棵漂亮的樹不是這麼容易的，我聽小霓說過聖誕樹的故事，好感人喔！」

「我不希望砍掉一棵長得好好的樹，而是找一棵快要倒下或老去的樹。」小霓補充說明。

「嗯！有愛心，不錯。」藍湖點點頭，「這才合乎環保。」

沒想到，這時候天空竟然飄過幾朵烏雲，倏地下起雨來，山路溼滑，藍溪幾度差點滑倒，藍海拿出做大哥的權威說：「天氣太糟了，這樣繼續走，很危險，我們打道回府吧，明天再來。」

「大哥……」藍溪甩著頭，差點掉下眼淚。

找樹行動雖不是小霓開的頭，可是，她卻不甘心這樣半途而廢，遂說：「我記得前面不遠，有幾棵上次颱風吹倒的樹。要不然，你們在這裡等，我跟江學志過去找。」

「算了，都走到這裡，一起去吧！」藍海拗不過藍溪哀怨的眼神，只好攢著藍溪繼續走。

擔心藍海不耐煩，小霓加快步伐，走在大夥前頭，站在一座小丘上，隱約望見斜坡下方的樹叢裡，好像有一棵倒下的杉樹，葉子還是翠綠的，樹幹卻有一個大裂口，看得出來樹形很不錯，枝葉茂密，在幽暗中隱隱發著光，好像正呼喚著她「帶我回家，帶我回家！」

應該就是這棵樹了。

她興奮的大喊：「我看到了，我看到了。」

因為心太急，小霓站立不穩，滑落小山坡，直直往杉樹衝過去，她擔心撞壞了樹，隨手抓著沿途的小樹，想要穩住身體滑落的速度。

樹枝割傷了手，她顧不得疼痛，在杉樹前停了下來，果然是一棵美麗的樹，不曉得它在山裡默默待了多少年，卻在一場颱風後受了傷，原本要默默一生走進黯淡裡，終於遇到他們這群知音。

好開心喔！小霓站起身來，想要扶起這棵杉樹，這才發現自己的腳踝痛得要命，莫非是扭到腳了，她痛得倒了下去。

只聽到山坡上方傳來大夥焦急的呼喚聲，尤其是藍湖叫得最大聲，「小霓，小霓，你還好嗎？」

藍海的聲音卻跟山裡的雨水一樣冷冷的，「這個孟小霓，只會製造麻煩。」

「大哥、二哥，你們快下去幫小霓啊！」藍溪焦急的呼求藍海、藍湖伸出援手。

不等藍溪的請託，藍湖已經一馬當先衝下小山坡，一邊心焦如焚的呼喊她的名字，「小霓，你不要亂動，我來了。」

當藍湖滑到小霓面前，想要扶起她，小霓卻哀叫說，「我的腳好像扭到了，站不起來。」

「你把手搭在我肩膀上，腳不要用力，我扶你上去。」藍海因為衝得太急，雨帽也脫落了，眼鏡片沾滿雨

水、霧氣，模樣跟小霓一般狼狽。

小霓覺得尷尬，正在猶豫不決，藍溪在上頭大叫，「小霓，快點上來，雨勢愈來愈大囉！」

「要不要我也下去幫忙？」江學志大聲問。

看樣子，她是非得讓藍湖攙她上去了，她焦急的說：「可是，這棵樹……」

「你放心，你先上去，我們再下來搬這棵樹。」藍湖拿下眼鏡，甩掉上面的雨水，順便幫小霓把雨衣的帽子拉好。她這才看到藍湖的眼睛裡充滿焦慮與擔憂，她頓時起了一身雞皮疙瘩。

就這樣亦步亦趨的，小霓幾乎把全身的重量都放在藍湖身上，她才發現，藍湖的力氣真大，竟然可以撐著她一直走上坡頂。

她靠著樹幹休息，等著他們三個男生把那棵半倒的杉樹搬上來。

這時候，除了藍溪，每個人身上都是爛泥巴，小霓覺

得好笑，卻不敢笑出來，開始擔心自己要怎麼下山？

藍海皺著眉頭打量小霓，「你真的沒辦法自己走嗎？唉！你真是個小麻煩。我們下山去找擔架來抬吧！」

藍溪卻不贊成，「天快要黑了，這條路只有小霓認得，萬一找不到路怎麼辦？」

江學志自告奮勇說：「我來揹孟小霓好了。」

他作勢蹲下去要揹她，小霓揮手拒絕了，「你太瘦了，我會把你壓垮的，只要有人扶我，我可以慢慢跳著走……。」

「你要跳到什麼時候？萬一滑倒怎麼辦？」藍溪反對，大家不由自主望著藍海，他長得最高最壯，小霓暗自興奮著，雖然她已經不再暗戀藍海，可是，想到可以這樣貼近他，心裡不免狂跳著。

藍海卻冷冷說：「我負責扛樹，樹那麼重。」然後，扛起樹來，就往山下走。

藍湖掉過頭來問小霓：「你幾公斤？」

「36。」

「還好，不重，我可以揹你。」

小霓心想，藍湖揹她？不好吧！早知道，她應該多說幾公斤的。可是，藍湖已經蹲下去說，「快點趴上來吧！趁我還有力氣，至少可以揹你一段路。」

幸好這時候雨勢小了，藍溪跟著藍海在前頭走，江學志殿後，小霓隨著藍湖的步伐一顛一顛的，幾度要滑下來，藍湖卻緊緊攬住她的腰，好像韓劇裡演的，男主角揹著女主角在海邊漫步，那是哥哥揹妹妹，還是……她的臉不由泛紅，幸好沒人看到。

直到下山，回到外婆家門前，藍湖才小心翼翼把小霓放下來，小霓倚著牆，卻瞧見藍湖悄悄捏著自己的手臂和肩膀，再怎麼硬心腸，也有著不忍，輕聲說：「謝謝你，給你們找麻煩了。」

「不麻煩，不麻煩，應該怪我，是我提議要布置聖誕樹的。」藍湖連忙說，「今天這趟探險，還挺刺激的。」

「你們這幾個小孩，吃飽了沒事幹，以後我絕對不跟你們一起上山瘋了。」藍海搖搖頭，逕自回家去了。

外公外婆出來見狀，趕忙送小霓去醫院。還好扭到腳時，沒有繼續用腳，所以傷得不重，吃藥、打針、套上彈性繃帶固定，應該很快會痊癒。

※　　　※　　　※

星期天下午，藍海、藍湖把杉樹立在兩家中間的圍牆空隙，又把裂傷的樹幹塗抹藥，再用草繩圍繞保護，希望這棵樹可以繼續活下去。一切就緒，他們開始著手布置。

小霓單腳跳著，也要過來幫忙，藍湖伸手阻止了她，然後搬張椅子給她，「小霓小姐，你就乖乖坐著，只要負責遞東西給我們，不要亂動。」

「是啊！小霓，你平常活蹦亂跳慣了，難得可以淑女一下。」藍溪也在一旁跟她眨眨眼。

小霓只好坐下來，趁空摺疊著銀色、金色的星星，遞給他們，逐一懸掛在樹梢頭。杉樹有了閃亮的燈飾、五彩

的吊飾，煥發出美麗的光彩，讓兩家的院子都熱鬧起來。

真是一棵漂亮的聖誕樹。她讚嘆著。

穿過聖誕樹的枝葉，她望見藍湖瞟向她的眼神，鏡片後的深邃眼眸，好似一窪湖水，晃悠悠的，雖隔了一段距離，卻讓她莫名的感動。

她似乎有些明白，這個世界上、這個角落裡，有人關心著她。

原來，喜歡一個人，比討厭一個人，更讓她心裡覺得舒坦。

留不住的煙火

他們費盡心思的布置聖誕樹，而且小霓還扭傷了腳，沒想到卻沒有得獎，這讓小霓覺得很嘔，整張臉臭臭的，藍湖在回山上的石階追到她，叫了她好幾聲，她都沒有回應。

「小霓，我們不是化敵為友了嗎？你怎麼又不理我了。」藍湖超前幾步。

小霓搖搖頭，又聳聳肩，「聖誕樹啦！」

藍湖大笑幾聲，「原來你為這個，我都沒生氣，你生氣什麼。」

對啊！小霓向來不在乎輸贏，念書考試都不愛跟同學們爭的，她到底在氣什麼？瞄了藍湖一眼，瞧著他笑得那麼開心，她的臉陡地熱了，原來她是為藍湖生氣，他花這麼多時間籌畫，又挨家挨戶勸大家參與活動，甚至為了揹她下山，差點傷了背，他卻沒有半點埋怨。

「不甘心。」小霓只好訕訕的說。

「哎呀！只要大家高興就好，只要我認為我們的聖誕樹是全世界最漂亮的就好。對不對？」

小霓仰望牆頭探出的聖誕樹枝葉，雖然已經過了好幾天，但她依然清楚記得上山找樹的點點滴滴。或許，比賽結果真的不重要，珍貴的是過程。尤其是她發現自己原先暗暗愛慕的藍海，竟然跟山上的風雨一般冰冷，反倒是她向來討厭的藍湖，對她如此友善，盡心照顧，這也算是一種收穫吧！

藍湖跟上來又說：「而且，我還多了你這位朋友啊！快點回家吧！明天還要上課呢！」

※　　　※　　　※

站在院子裡，小霓伸手撥弄著聖誕樹上吊掛的小天使，樹上的裝飾過完元旦就要拆掉，圍牆即將恢復往昔的樸拙；新的一年又要開始，她好像沒有一點興奮的感覺，不由嘆了一口氣。

「小霓，年紀輕輕，嘆什麼氣啊！」外婆剛在後院摘了一籃羅勒，走過來問。

小霓咬咬嘴脣，轉移心中話題，「藍溪約我看跨年煙火，我不想去。」她一邊脫鞋進屋。

外公擱下報紙，拿下老花眼鏡，揉揉鼻梁兩側的穴道，說：「時間真快，才唱聖誕歌曲，就要迎接新年了。小霓，出去走走吧！別跟這天氣一起發霉了。我覺得藍家的孩子規規矩矩的，我跟你外婆都放心你跟他們一道看煙火。」

話雖如此，小霓心中卻有別的牽掛，計畫在一年的結束前，找出懸宕已久的答案。

※　　　※　　　※

12月30日，離跨年只剩一天，同學們幾乎都無心上課，討論要去哪裡參加跨年活動。小霓卻撐著頭、望著窗外發呆，只聽蔡其珍突然提到她的名字，「孟小霓的外婆寫的什麼書，要我們原諒仇人，哼！我跟孟小霓勢不兩

立，想要我原諒她，我死都辦不到。」

呂棟彬在一旁搭腔說：「就你們女生喜歡看那種書，什麼《復仇的女孩》、《大老婆的反擊》、《辣妹出招》……我們男生都快不能呼吸了。」

李美彌拉拉呂棟彬，「你不要說啦！等下蔡其珍又要生氣了。」

「是啊！蔡其珍一發飆，全班都遭殃。」江學志跟著起鬨，「不過，網路上很多人說《復仇的女孩》很好看，應該拍成電影。乾脆讓孟小霓當女主角，一定很有賣點。」

小霓斜瞪江學志一眼，沒有搭腔，不想隨蔡其珍起舞。

她知道外婆翻譯這本書花了很多時間，還跟喜歡看武俠小說的外公討論：「你贊成以眼還眼、以牙還牙嗎？」

外公當時說：「冤冤相報何時了啊！應該學習原諒別人。」

外婆大概是想到外公跟媽媽僵持不下的關係，為此還糗外公，「說得到不見得做得到喔。」

小霓也覺得武俠小說中你殺我全家，我斬你草除你根，這樣輪番上演復仇情節，永遠沒完沒了，所以她不太愛看武俠小說，還對外婆說：「我也不贊成報仇。」

因為社會上充滿刀光血影的新聞事件，離婚男子殺前妻、分手的男生殺女生、被拋棄的女生惡整前男友……所以，《復仇的女孩》這本書出版後，引起熱烈討論，甚至還有人做了民調，結果是──想要報仇的人遠低於不想報仇的人。

那麼，即使她不想報仇，她是否有仇人呢？

雖然蔡其珍對她態度惡劣，根本排不上她的「仇恨排行榜」，那麼，排行榜上的會是爸爸還是媽媽呢？

她無法原諒爸爸，她覺得爸爸的錯比較多，他已經結婚，卻欺騙媽媽的感情，更糟的是，害媽媽做了未婚媽媽。

可是，她也氣媽媽，愛上不該愛的男人，竟還生下她，又不懂得好好照顧她，讓她在媽媽陰晴不定的情緒中，不斷受到驚嚇，最終還把她丟到外婆家，久久才探望她一次。

雖然她每次都躲著媽媽，不想見到她，其實她心裡也很矛盾，想靠近卻又想逃離。媽媽非但不努力修復母女關係，乾脆也離她遠遠的，好像她是個燙手山芋。

放學回家路上，藍溪趕上來叫住她，「小霓，你到底考慮好了沒有？我跟你說……」她壓低音量，卻加強語氣，「二哥也會去呢！」

小霓抬抬眉，笑了笑，「你二哥，你以為我又會扭到腳啊！你問問看，江學志、許惠欣去不去？」

「好啊！我去問他，江學志比我們壯多了，如果人潮太擠，他可以保護我們。」藍溪立刻答應。可是，她卻發現小霓有點心不在焉，「喂！你怎麼了？大家提到跨年都興高采烈，你卻一副苦瓜臉？」

小霓突然轉了話題，「那個找女兒的企業家可能是我爸爸嗎？」

　　報紙、電視斷斷續續刊登這個消息，外公外婆卻逃避這個話題，讓她覺得很奇怪。

　　藍溪咬著指甲，沉吟一會兒說：「他找女兒找了這麼久，都沒有人跟他相認，是有可能。可是，他姓秦，你跟他又不同姓，有點怪。你為什麼不問你媽媽？」

　　小霓搖搖頭，她不想問媽媽，媽媽如果想讓他們相認，早就帶她認祖歸宗了。她媽媽可以不要爸爸，她卻還是想要知道自己的爸爸到底是誰，即使無法相聚，她也不在乎，她只想要答案！這樣，說不定元旦過後上學，她就可以抬頭挺胸，讓同學們知道，她是有爸爸的。

※　　　※　　　※

　　31日剛好是周末放假日，清晨時分，彩虹村民大多尚在睡夢中，小霓卻揹著包包悄悄出門，沿著彩虹河走向附近的火車站，準備換搭火車，到台北找爸爸。

一路上，她的心七上八下，猶豫掙扎著，幾度想打退堂鼓，即使到了台北，還沒走出月台，她又停下腳步，想著乾脆搭下班火車回彩虹村吧！

　　可是，又有點不甘心，既來之則安之，即使希望落空，至少她努力嘗試過，也就不會再繼續做這個虛幻的夢。

　　於是，拿著她從網路上影印的Google地圖，她請教火車站服務台人員如何搭公車，終於找到新聞報導中提到的企業家豪宅，門口站著三三兩兩的媒體記者，正在守候準備出門的企業家。

　　她挑了豪宅前的樹叢邊，默默站著，感覺自己的心跳好快，略顯焦躁不安，不停換腳站立。

　　喝著罐裝咖啡的記者說：「聽說秦董好像找到他女兒了。」

　　「真的？我怎麼不知道。」吃著飯糰的記者問，「我聽說他提高了尋人獎金，搞不好有人想來騙錢，放假消

息。」

喝咖啡的記者突然看到東張西望的小霓，伸出他的新聞雷達鼻嗅了嗅，走過來問她，「你是秦董的女兒嗎？」

小霓慌慌跳開，急著揮手，「我不是，我不是。」

就在這時，黑頭車從地下停車場駛出來，記者們連忙呼嘯著擠過去，相機搶拍著，深怕錯過任何精采畫面，小霓也悄悄靠過去，藏身在記者身後。

只見秦董搖下車窗，輕聲說，「天冷，你們回去吧！有消息，我會通知你們，謝謝你們。」

小霓打量著這位在海峽兩岸擁有數間公司的企業家，看起來比電視上清瘦，眼神透出憂鬱，在冬天的陰寒中，竟然讓她有想哭的感覺。

小霓定定的望著他，眼神始終沒有移開。

他也發現了她隱約的身影，眼光穿過人群望向她，眼中有一種溫暖，令小霓怦然心動，他是不是發現小霓和他有些相像？他是不是懷疑眼前的她，就是他尋覓已久的女

兒？他是不是和她起了心電感應？

只見他的嘴唇微張，好像要開口喚她，與她相認。

小霓好緊張，不由靠了過去，接近車門。但是，也不過幾秒鐘的對望，眨眼間，他的車窗緩緩關上，他們倆又分隔在兩個世界。

那一眼的瞬間，如此錯綜複雜的情緒糾纏著彼此，他不敢認她嗎？還是他找的不是她？

懷抱著最後一線希望——秦董只是不敢當場相認，怕記者包圍過來，所以，黑頭車假裝駛開，待會兒就會有別人跑過來，叫住她，告訴她那就是她爸爸。

可是，等了許久，圍觀的記者全都散去，小霓才長長嘆了一口氣，知道自己的希望徹底落空了，那一陣的興奮感動，也像枯黃的樹葉，隨著冬風吹過而墜落。

她縮坐在花台邊上，默默落淚。

怪自己做這種不實際的夢，秦董應該不是她的爸爸，她在他的面容中，找不到熟悉，卻只有感傷，一種思念女

兒卻見不到女兒的感傷。他的女兒為何不願意相認，莫非是那個女人把女兒藏了起來，懲罰他在感情上出軌嗎？

但至少，他還努力尋找失落的女兒，小霓的爸爸卻沒有半點消息。難道是媽媽也隱藏了小霓的下落？

她沿著高樓林立的街道緩緩走著，少數櫥窗裡的聖誕樹依然聳立，卻有一種孤單落寞的情傷，因為再過不久，聖誕樹就會收入倉庫，或是丟棄到垃圾堆。

街上的人潮逐漸往跨年晚會的場地移動，每個人的臉上都充滿笑意，嘰嘰喳喳的好開心，只有她，跟街頭遊民差不多，沒人願意多看她一眼。

小霓受不了街頭的歡樂氣氛，忍不住坐在路邊的行人椅上哭了起來。

哭了好一會兒，臉頰的淚痕被風拂過，一片冰涼，她摸索著背包，想要找面紙，卻突然有一隻手伸了過來，把面紙遞給她，她嚇了一跳，猛地抬起頭，只見藍湖淺淺笑著望著她。

「你……你怎麼來了？」她口齒不清的問，慌慌用手背擦掉臉上的淚水。

藍湖把面紙塞給她，坐了下來說：「藍溪跟我說，你可能會自己跑到台北來，她很擔心你，要我也跟著來。」

小霓沒想到藍溪這麼貼心，竟然猜到她的心思。那麼，藍湖不是要一大早起來，緊緊盯著外婆家的門，以免錯過她的出門時刻。

想到藍家兩兄妹的這番心意，傷感似乎也減弱幾分，她吸了吸鼻子，小聲說：「謝謝你。」

藍湖安慰她，「如果你很想找到爸爸，我們可以幫忙一起找。」

小霓覺得很尷尬，藍湖竟然直接說出她的心事，他會以為她想要攀附一位有錢的父親嗎？她不想這樣被誤會，遂搖搖頭說：「算了。」若再繼續這樣受傷受挫下去，她怕自己的心會承受不住。

這個夢不做也罷！

藍湖站起身來，伸展雙臂說：「我每次傷心難過時，就會大吃一頓，用食物填補自己空虛的心。怎麼樣，既然已經來了台北，你大概還沒有吃飯吧！我請客，想吃什麼？」

　　小霓否決了他的提議，「我想看電影，看喜劇片。」

　　「這個主意不錯，我們就看卡通片吧！卡通片很少讓人不笑的。」

　　結果，藍湖不但買了電影票，還買了一堆鴨舌頭、鴨翅膀、豆干等滷味，挑選最後一排的座位。

　　「為什麼坐後面？」小霓指指空曠的電影院。

　　「你不曉得啊！最後一排視野遼闊，而且比較少人坐，我們可以開懷大吃，不用擔心吵到別人。」

　　即使看電影這種小事，藍湖都會顧慮到別人的感受，小霓不由打量他一眼，不明白他的愛心是天生的，還是後天養成的？有時候，她真的很羨慕藍湖，任何光景都無法奪去他的喜樂。

邊看邊吃，小霓不時哈哈大笑，沒找到親生父親的失落感很快就被掃到九霄雲外。等她出了電影院，藍湖也忍不住說：「你現在看起來比較正常了。好！你現在準備接受另一個驚喜。先不要問，跟著我走就對了。」

　　「要去哪裡？我要先跟外婆打電話。」

　　「我出門時跟你外公外婆說過了，不用擔心。」

　　「啊？他們知道我到台北找爸爸？」小霓嚇壞了。

　　「那是你的祕密，我怎麼會說？」藍湖笑了笑。

※　　　※　　　※

　　小霓跟藍湖搭了公車，走了一小段路，來到一家五星級飯店門口。

　　她抬頭打量這家飯店，出入的都是西裝筆挺的男士或是時髦亮麗的女生，甚至門口的服務生都穿得很帥氣，她有些彆扭的問藍湖，「來這裡做什麼？」

　　「你看那是誰？」他指著前方，竟然是藍溪、江學志、許惠欣，還有何如晴和她臉上有胎記的媽媽。

小霓一頭霧水，「你們不是要去看跨年煙火嗎？」

藍溪過來拉住她的手親熱的說：「何如晴她爸爸知道我們想看跨年煙火，就訂了五星級飯店的房間，招待我們，讓我們不必跟其他人擠成一團。」

江學志也說：「我還在擔心萬一要尿尿怎麼辦？這下子太好了。」

「可是，這怎麼好意思？」小霓覺得讓何爸爸請客有些過意不去，當初他們還想把何如晴的媽媽抓去派出所呢！

何如晴走過來小聲跟小霓說：「我好不容易勸動我媽媽一起來，你就不要再說了。」

小霓看著何如晴媽媽用圍巾包裹著頭，遮住她長胎記的半邊臉，知道她還是很在意自己的長相，便立刻轉變話題，「我這兒有一千塊錢捐出來，可以買零食。」

「好啊！孟小霓，剛剛我請客，你怎麼沒說自己帶了錢？」藍湖即刻跟她算帳。

「你自己說要請客的，我又沒有勉強你。」小霓嘟著嘴，「好啦！還你啦！」

「大家不要吵了，我爸爸已經準備很多好吃的了，趕快上樓吧！」何如晴打了圓場。

房間真是漂亮，除了好大的窗戶正對著放煙火的101大樓，還有很大的客廳及廚房，「如果肚子餓了，可以煮泡麵。」何如晴帶領大家參觀房間，順便介紹所有的設施，「你們看，冰箱裡有這麼多吃的喝的，而且我爸爸說，如果吃不夠，可以打電話叫客房服務。」

小霓站在窗前，望著附近高樓的燈火，她好感謝老天，賜給她這麼多好朋友，在她最傷心難過時，陪伴她度過。

藍溪也比過去開朗許多，她主動提到她當年被校園霸凌的故事：「我本來已經決定要自殺了，幸好二哥發現我怪怪的，堅持要爸爸搬到鄉下去，才算救回我一命。我也很高興在彩虹村找到好朋友，尤其是小霓，就像我的好姊

妹。」

江學志也說：「對啊！我本來被班上同學排斥，可是孟小霓卻不會嘲笑我，還常常讚美我。」

小霓聽著，好像他們說的是另一個人，她有這麼好嗎？村裡的人不是說她像個小瘋子，天天在山裡晃來晃去？

就在這時，許惠欣大叫著：「快點！快點！要倒數了。」

大家擠在窗前，耳邊笑語聲不斷，小霓回頭偷瞄了何如晴媽媽一眼，她的圍巾已拿了下來，臉上出現微微的笑容，雖然不明顯，但是感覺得出來，她比剛來時放鬆多了。

煙火瞬間閃亮，大家歡呼著，小霓卻忽然想起曾經跟媽媽一起看過煙火。

那時，媽媽幫忙別人帶小孩，只因為那家人的陽台可以看見煙火，她對小霓說：「媽媽沒有很多錢，只能讓你看免費煙火。」那時她還不太懂媽媽的心意，這會兒，她似乎明白了什麼，媽媽即使在最窮困時，還是想盡辦法滿

足她對煙火的喜愛。

煙火秀結束以後，天空又恢復黑暗，歌手上台唱歌，是小霓很喜歡的那首歌——〈奉獻〉。

白雲奉獻給草場，江河奉獻給海洋，

我拿什麼奉獻給你，我的朋友。

白鴿奉獻給藍天，星光奉獻給長夜，

我拿什麼奉獻給你，我的小孩。

雨季奉獻給大地，歲月奉獻給季節，

我拿什麼奉獻給你，我的爹娘……。

如果不要一味苛求別人給我們什麼，而是感謝別人對我們無私的奉獻，生活是否快樂得多？

她望著藍湖、藍溪這對兄妹，上天安排他們成為她的鄰居；而挺她到底的江學志，在別人眼裡不出色，可是他對朋友的愛，卻是如假包換；還有何如晴，她家雖然有錢，她的成績也很優秀，她卻不曾為此驕傲……。

她何必追求煙火的絢爛，卻忘了身邊真正的溫暖。

變調的新年

　　快要期末考了，大家收起散漫的心，希望能考到好成績，到時候可以申請城裡的高中。何如晴、蔡其珍、呂棟彬他們幾乎都是班上前幾名，用功的程度不在話下，即使是江學志，也收拾起嬉笑的態度，改善他跟書本的距離。

　　李美彌看到江學志下課時，不再惡作劇搗蛋，反而捧著課本躲在角落讀書，忍不住笑他，「喂！你課本拿反了？」

　　江學志撇過頭去，「不要吵我，我剛剛記起來的單字，又被你嚇跑了。」

　　「你是不是頭殼壞去了？」李美彌還是不放過他，「你怎麼突然喜歡讀書了？」

　　「情人節時，我要拿成績單送給我喜歡的妹啊！」江學志說得明白，倒勾起李美彌的興趣。

　　「是誰？是誰？是哪個恐龍妹？」

江學志瞪她一眼，下意識回頭看身後的小霓，小霓假裝沒有聽到，心裡卻暗自決定，連江學志都懂得發憤圖強，她總不能考輸江學志吧！況且，藍湖、藍溪兩兄妹也好拚，她也不好意思太混。

　　不過一念之間，她好似突然覺醒般，放學後，不在山裡沒目的的晃來晃去，而是穿著連帽大外套，坐在山坡上，在陣陣寒風中苦讀。

　　彩虹河岸的樹幾乎都落了葉，草叢也一片枯黃，可是，河水卻依然不停流動著，河流似乎明白，只要停止下來，它就會變成一條死河，河裡沒有魚蝦、沒有水草，逐漸發臭，也沒有人願意親近。

　　小霓覺得自己真的很幸福，雖然媽媽剛送她來時，她還一肚子氣，可是，長久的鄉間生活，讓她逐漸愛上這一份與世無爭，即使逃不過學業成績的「爭」，但至少不必跟著大家一窩蜂到補習班報到。

　　讀完國文，讀英文，直到天色昏暗，她幾乎看不清楚

課本上的字體，才闔上書本走回外婆家。

晚飯後，小霓繼續努力，甚至連開幾晚的夜車，想要把幾個月沒有勤讀、細讀的知識，全吞進肚子裡、塞進腦子裡。這才頓悟，平時不努力，臨時抱佛腳，可真有點消化不良。

考試前一晚，她拿出最後衝刺的精神，把睡眠壓縮到最低極限，心想，只要再拚兩天，苦日子就結束了。當她正背誦歷史幾乎頭腦打結時，突然聽到隔壁藍家爆出激烈爭吵的聲音，接著傳來摔門的巨響。

怎麼回事？這幾天不是藍爸爸回來了嗎？他們應該一家和樂歡聚一堂的，怎麼會……難道是藍溪的擔憂成真？藍海還沒畢業，就吵著要結婚，因為他的女朋友懷孕了？

小霓擔心吵醒外公外婆，躡手躡足走下樓，悄悄打開大門，縮在一樓院子角落聽著藍家愈來愈大的吵架聲。

藍爸爸刻意壓低聲浪說：「我只不過想邀請周阿姨到家裡過年，你幹麼發這麼大脾氣？都半夜十二點了，不要

吵到鄰居。」

「我們只有一個媽媽，任何人都不能取代媽媽。」藍海斬釘截鐵說。

「小海，媽媽已經過世好幾年了，爸爸就不能交個女朋友、找個伴嗎？」藍爸爸的聲音裡透著無奈。

「大哥，媽媽是無法取代的，但是爸爸也會寂寞⋯⋯。」藍湖幫忙緩頰。

沒想到卻激怒藍海，他大吼著：「我是大哥，我不答應她到我們家，你們誰都不許答應。」

藍溪抽抽搭搭說：「媽媽過世時，爸爸你說過，這輩子你只愛媽媽一個人，你忘了嗎？我好想媽媽。」藍溪不想反對爸爸，可是又不願意對不起媽媽。

藍湖出來打圓場，「我們可不可以不要現在談？我跟小溪明天都要考試。」

「不管你們怎麼說，我知道你們的想法了，這個家還是我在當家，我說了算，我決定邀她一起來過年。」藍爸

爸最後做出結論。

藍海也撂下狠話，「如果你帶她來，我就立刻搬出去。這個家有她就沒有我。」他「砰」的一聲甩上房門。

到底是藍爸爸變心太快，還是男人都是這樣見異思遷？像小霓爸爸一樣，認識她媽媽之後，就背叛了妻子？

小霓緩緩走回房間，她知道，藍家兄妹的考試心情將會大受影響，而她自己呢？雖然早已經決定不再暗戀藍海，可是，想起來他可能離開家，雲遊四海去，這個新年很可能看不到他，還是很難過。

寫考卷時，她的眼前不斷出現藍海的身影，他酷酷的笑容，他甩頭髮的樣子，還有他抬起眉來問她：「你在暗戀我？」似笑非笑的表情。結果，她的考試成績整個打了折扣。

※　　　※　　　※

發考卷後，藍湖在家門口遇見她，關心的問她，「考得怎麼樣？」

小霓連忙說：「都怪你們那晚吵架太大聲，我考砸了。」

「該怪自己不用功吧！」藍湖微皺眉後聳聳肩，「我可是考了全班第一。」好像第一名對他來說，就像撿起路上一片落葉那麼容易，氣得小霓牙癢癢的，太過分了，恨不得揍他幾拳。遂不再理他，快步跑進院子裡。

外婆正在客廳裡，將她前幾天採收晾乾的紅辣椒，一根根擦乾淨，準備做成辣椒醬，見了小霓，就說：「洗個手吧！爐子上有冰糖蓮子，餓了先喝一碗。」

小霓還在生藍湖的氣，覺得肚子裡漲漲的，搖搖頭說：「我不餓，當宵夜吧！我來幫你做辣椒醬。」

小霓很喜歡跟外婆學著做手工食品，除了香草餅乾、南瓜蛋糕、香蕉派，最近迷上辣椒醬、羅勒醬、金桔醬……有時候自己吃，多半時候分送給彩虹村的左鄰右舍。

外婆跟她解釋手工製品的不同，「這就像手拉胚做成

的陶器，有作者手的觸感，我們摸在手裡，就好像彼此產生連結，情感有了交流。」

反正已經考完試，考好考壞都已經成為過去式，她學著外婆拿起小剪刀，把辣椒對剖開，然後剪成細細小小的丁粒，一邊小心手指皮膚不要沾到辣椒的汁液，否則手會辣到發燙。

外婆沒頭沒腦的突然問她，「小霓，請媽媽一起來過年好不好？」

小霓愣了一下，這是外婆家，外婆自己可以做決定，卻尊重她的意思，不像藍爸爸那麼強勢，自己作主決定。可是，她反而慌了。剛好外公下班進門，她看了看外公，想把難題丟給外公。

外公卻什麼也沒說，低頭換拖鞋，外婆只好自言自語說：「一個人過年的冷清滋味又不是沒有嘗過，還要拗到什麼時候？」

「只有夠冷，她才能冷靜想清楚。」外公丟下這句話

就進書房了。

外婆知道這不是談話的時候，輕輕嘆口氣，然後跟小霓說：「晚上外婆做你喜歡吃的醋溜魚片，可是沒有醋了，你去山下買一瓶吧！記得要買水果醋。」

小霓蹦蹦跳跳下了石階，遠遠望見樹叢裡何如晴的家，心中又泛起五味雜成的情愫。放學時，江學志告訴她，「何如晴名義上的媽媽決定留在美國不回來了，所以她爸爸決定跟借腹生下何如晴的媽媽結婚。」

「就是臉上長了胎記的媽媽嗎？」小霓問，「也會有男生不在乎女生漂不漂亮嗎？」

江學志用力點頭，「不是每個男生都只看到皮膚表面的。」

認識久了，小霓愈發覺得，江學志不像大家認為的那麼膚淺，他有時候說的話，像大海，不像河流，很有哲理，很有深度，不是那些只會死讀書的同學想得到的。

於是，她做決定時，也學著思考再三，就像現在買醋

這事，到底要去支持日漸衰微的傳統雜貨店，還是到新開張的便利商店購買？掙扎許久，她決定支持開立發票的便利商店，順便可以把發票捐給創世基金會的遊民。

在路口榕樹下，她看見村裡的美麗黃阿姨牽著小貝跟雜貨店老闆娘聊天，她立刻開心的跟她們打招呼，「黃阿姨、小貝。」

小貝笑開臉喚她，「霓霓姐姐。」

小霓蹲在小貝面前逗弄他，「小貝，過完年，就三歲了，喔！要念幼稚園了，喔！好棒好棒。」她互拍著小貝兩隻粉嫩的小手。

黃阿姨是她在彩虹村裡少數的朋友，上次蔡其珍媽媽差點遭到小三的車子撞傷，小霓出手救了她，蔡媽媽非但不感激，還罵她多管閒事，黃阿姨就曾為她打抱不平，當面鼓勵她，「你不要在乎別人的看法，傾聽自己的心最重要，我挺你。」

江學志真的是包打聽的祖師爺，他跟小霓說，「美麗

黃阿姨是彩虹村的美麗辣媽之一，所以大家稱呼她都習慣加上『美麗』二字，小貝是黃爸爸和黃阿姨的試管嬰兒，所以他們十分寶貝他，就叫他小貝。」

外婆也說過，因為黃爸爸黃阿姨住到彩虹村以後，才生下小貝，即使黃爸爸在大陸有很棒的事業，為了感恩，他們還是捨不得搬走。

買了蘋果醋，小霓剛走出便利商店，卻發現美麗黃阿姨還在跟雜貨店老闆娘聊天，她的手中卻沒有牽著小貝，不免一絲狐疑，皺著眉頭四處打量，只見路燈下小貝嬌小的身影晃啊晃的，晃到了路中央。

小霓心中一陣猛跳，忍不住脫口大叫，「小貝！」

也不過眨眼工夫，一輛公車疾駛而來，小霓略一遲疑，和美麗黃阿姨幾乎是同時衝了過去，可是，已經來不及了，雖然公車連忙緊急煞車，小貝當場趴在公車巨大的車輪下，一動也不動。

小貝蹶著屁股好像摔倒般趴在地上，美麗黃媽媽淒厲

的哭喊著，「小貝，小貝，你不要嚇媽媽啊！小貝，快起
來啊！媽媽帶你回家。」

　　小霓碰了碰小貝的身軀、肥胖的小手，除了頭部受傷
汩汩出血，其他部分都是完好的，可是他卻不再動彈，在
小霓手裡逐漸失了溫。她不敢相信，剛剛還膩著嗓子喚她

「霓霓姐姐」的小貝，就這麼沒了。

美麗黃阿姨的哭聲就像突然刮起的寒風，一陣陣颼過圍觀村民的心頭，救護車嗚啊嗚的停了下來，美麗黃阿姨緊緊拽著救護員的手臂，不斷哀求，「請你們救救他，我好不容易才生下他，我會被我先生打死的，小貝走了，我也活不下去了。」

小霓也不斷責怪自己，沒有在第一時間即時衝過去搶救小貝，她只能默默流淚。可是，再多的眼淚，也喚不回小貝的生命。

雜貨店老闆娘陪著美麗黃阿姨回到彩虹村時，就像被抽掉血液的一具空的軀殼，蒼白、枯黃，她除了哭泣還是哭泣，村民擔心她會想不開，除了立即通知在大陸的黃爸爸，大家輪流陪伴她。

小霓在黃阿姨屋外徘徊，只聽到她不斷的哭聲，幾乎哭了整晚，整個村子瀰漫著傷感，籠罩在濃得化不開的灰霧中。

小霓也幾乎一夜沒睡，夢裡不斷出現小貝的笑聲、叫聲，黃阿姨的哭聲、叫聲。晨起，幾個好朋友來到她家，小霓坐在家門前的石階上，抱著雙膝，把頭埋在膝蓋間，不住祈禱，好希望這是一場惡夢。

　　「我媽媽說，彩虹村第一樁慘案發生時，也沒這麼悲慘。」江學志發表他的感想。

　　藍溪則拍拍她的背安慰她，「你一定嚇壞了吧！如果是我，我一定兩條腿都軟了。」

　　「都怪我，我應該去雜貨店買醋，不該去比較遠的便利商店，這樣我就可以提早發現小貝走到馬路中間，即時救下他……」小霓不斷自責，她抬起滿臉淚痕的臉問藍湖，「黃爸爸真的會把黃阿姨打死嗎？你們男生會這麼殘忍嗎？黃阿姨又不是故意的。」

　　這也是全村的人所擔心的，江學志拍拍胸脯說：「這事包在我身上，只要黃爸爸一出現，我會立刻通知大家，我們一起去聲援美麗黃阿姨。」

第二天下午，小霓他們緊接著黃爸爸的腳步，趕到黃家門口集合。當黃爸爸從黃阿姨口中證實他們花費許多金錢及心力生下的心肝小貝死了，他原本鐵青蒼白的臉，瞬間像少了支撐的屋宇，垮了下來，他捧著臉大哭，旁邊的人也跟著擦眼淚。

小霓夾雜在村民之間，睜著一雙朦朧淚眼，緊張的盯著，好擔心黃爸爸抬起頭會突然甩一個巴掌給黃阿姨。

出乎意料之外，黃爸爸哭了一會兒，非但沒有苛責黃阿姨，還把兩眼哭成荔枝般的黃阿姨抱在懷裡，不斷安慰她，「你還有我，別怕別怕，你還有我。」

小霓這才鬆了一口氣，跟著大家慢慢散去。

可是，這麼一來，彩虹村原該歡樂的過年氣氛卻透著詭異，大家想笑不敢笑，好像貼春聯、放鞭炮都是一種罪過。因為大家迎接春節後又大了一歲，黃阿姨卻再也看不到她可愛的小貝長大。

除夕前兩天，黃爸爸決定帶著黃阿姨出國度假散心，

短期內不會再回到彩虹村這個傷心地。彩虹村這才像冰雪融化的小鎮，隱約透露春天的味道，村民的臉也開始有了笑容。

小霓只要經過小貝車禍的地點，就忍不住反覆想著，原來生命是很脆弱的，隨時都可能離開，即使是小孩子，也不一定可以順利長大成人。萬一她突然死了，媽媽是否也會這麼傷心，在許多孤單的夜晚，哭了又哭？藍溪就勸過她，「小霓，我媽媽現在不在了，我想抱抱她都抱不到了，你不要再那麼ㄍㄧㄥ了。」

於是，她決定跟外婆說，她答應媽媽一起過年。

外公不置可否，算是默許，表示他多少也受到小貝去世的影響。外婆則興高采烈採買媽媽喜歡吃的菜，跟小霓從早忙到晚。

※　　　※　　　※

除夕的夜晚，正當家家戶戶傳出菜香，一起圍爐時，藍海卻在周阿姨走進他家時，背起行囊離開家，藍爸爸沒

有勸阻他，只說：「讓他出去冷靜想想也好。」

藍湖和藍溪追跑出門想要攔阻他，藍海卻頭也不回的走了，小霓雙手插在外套口袋裡，沒有跟他揮手，望著他的背影逐漸消失在夜色中，彷彿心裡的某個角落空了，一股冷風灌了進去。

藍溪的哭聲還在夜空中徘徊，小霓卻發現媽媽並沒有按照約定時間出現，是塞車嗎？外婆撥了手機，卻撥不通。外公的臉色卻愈來愈暗。

直到桌上的飯菜都冷了，媽媽卻失了約。

「騙子，大騙子！」好不容易柔軟下來的小霓，徹底絕望了。她站在二樓露台上，臉上的淚痕如此冰冷，可是她的心更冷，望著通往山下的道路，除了晃動的樹影，沒有人影。

街上如此冷清，彷彿大家害怕年獸吃人，躲到了屋裡。她似乎有些明白，其實並沒有真正的年獸，那只是一種恐懼，恐懼被遺棄，恐懼沒有人愛與關心。而她即使待

在屋裡，卻好像已經被年獸一口吞吃。

※　　　※　　　※

大年初一，小霓和藍溪兩人坐在門口一起生氣，小霓氣呼呼的說，「我發誓，我再也不理我媽媽了。不，我根本不承認她是我媽媽。」

「對，我也不承認我大哥是我大哥了，他竟然在除夕時拋棄我，他根本不愛我，還答應我媽媽說會永遠照顧我，他根本是大騙子。」

為了逗她們兩個開心，藍湖只好拿出他蒐羅來的鞭炮，擱在矮牆上，「來來來，看我放鞭炮，鞭炮一聲除舊歲，也除去你們心中的怨氣……」

說著，藍湖也不管她們是否看他放鞭炮，用打火機點燃鞭炮心，未料，鞭炮瞬間炸開，藍湖躲避不及，整個手掌心炸裂一道傷口，鮮血瞬間冒了出來，他痛得大喊，小霓和藍溪顧不得傷心，衝過來抓著他血肉模糊的手，開始尖叫……

大雨大雨下不停

　　隨著年假結束，大家陸續回到學校上課，藍湖手掌心被鞭炮炸傷的傷口也逐漸痊癒，可是，小霓被媽媽刺傷的心卻不時隱隱作痛，臉上的笑容也少了，不管江學志說了多少網路笑話逗她，她也只是嘴角勉強扯了一下，很快的變得跟教室窗外潮溼的天空一般。

　　春天來了，氣溫逐漸回升，卻似乎也帶來永無止歇的大雨。位在山上的學校，更是滿地泥濘，不時有老師或學生滑倒，由於姿態滑稽，常惹得大家哄堂大笑，算是為校園添了一點生氣，甚至有人用手機拍攝下來，po到網路上。

　　放學時的走廊上，充滿的不是討論功課的話語，而是有趣的網路影片，還有美國NBA新進崛起的華裔球星林書豪。小霓卻不感興趣，撐起傘，獨自走進雨裡，藍溪跟了上來，望了她一眼，彼此心照不宣，什麼也沒有多說，

踩著一灘灘的雨水，往山下走，小霓忍不住還是問了，「你……大哥有消息了嗎？」

藍溪搖搖頭，眼淚差點流下來，「他實在很過分，都不知道我很想念他。」

小霓搞不清楚自己到底是思念誰比較多，但是，她也好希望在山路上跟藍海不期而遇，這一分開，不曉得何年何月才會見面？

「我二哥說的，要珍惜眼前擁有的，如果我天天想大哥，說不定有一天他也會離開我。」藍溪突然說。

「他會去南部念大學嗎？」小霓猜測著。

「可能會去東部呢，更遠，一學期才回來一次。」

「啊？」小霓愣了一下，大家都要離開她了嗎？如果只剩藍溪，藍爸爸是否也會搬走？想到這，她不由打了一個哆嗦。

當她走進外婆家，抖落身上的雨水，正要進浴室拿毛巾擦頭髮，外婆卻跟她說，「你的美麗黃阿姨決定搬家

了，跟她先生一起到大陸去住，等到天晴，搬家公司就會來了，你有空去看看她吧！」

小霓「嗯」了一聲，心更沉重，彷彿掉到戶外的雨水裡。

回到樓上，站在陽台的門口，望著糾纏著上游泥沙的彩虹河的水，一片混濁，如同她混亂的思緒，何時才會恢復往昔的清澈？她喜歡的人一個個離開，難道是她命中帶衰，所以跟她產生連結的人，避她惟恐不及，紛紛逃之夭夭？

她要在大家離開她以前，率先離開，可是，她又能逃到哪兒去呢？天下之大，卻沒有她的容身之處。她輕輕嘆口氣，索性走進雨裡，讓雨淋個痛快。

※　　　※　　　※

江學志曾經告訴小霓，彩虹村是雨城裡的「雨村」，也就是降雨量居全國之冠，小霓當初覺得不可思議，因為她搬到彩虹村之後，多半都是陽光普照的日子，偶爾下

雨，很快就停了，反而看到的彩虹比較多。

這一回，她才見識到雨村不是浪得虛名，當城裡的雨勢逐漸緩和，彩虹村的雨水卻從天空不斷灌下，學校後山雖然做了堅固的擋土牆，可是當樹根吸飽雨水後，再也無法吸收水分時，土質開始鬆動，終至山壁崩塌下來，淹沒了兩間教室。校長擔心其他山壁也跟著崩塌，危及學生生命安全，於是宣布停課。

對於這多出來的假期，有些同學歡欣不已，江學志卻氣憤填膺的說：「你們怎麼可以幸災樂禍，萬一學校垮了，我們就沒有學校了。」

呂棟彬拍拍江學志的肩膀，「看不出來喔！你不是最討厭上學的嗎？」

「我只是不喜歡考試，又沒說我不喜歡學校。」江學志甩掉呂棟彬的手，「不要以為自己成績好，就可以口不擇言，學學林書豪的謙卑吧！」

小霓一旁看了，不由搖搖頭，雖然在紐約打籃球的林

書豪跟他們相隔遙遠，除了太平洋，還有美國大陸，可是他的影響力威力十足，可以穿山越嶺、飄洋過海，直達他們學校，讓林書豪的超級大粉絲呂棟彬啞口無言。

回家後，吃完外婆做的大滷麵，百無聊賴的小霓正要找隔壁的藍溪一起看DVD時，卻接到江學志的電話。

「孟小霓，你有沒有看到蔡其珍？」

「你問錯人了吧！她怎麼會來找我，今天早上好像就沒有看到她來學校。」小霓聽出江學志語氣中的焦急，淡淡問：「出了什麼事？」

「蔡媽媽說，蔡其珍今天揹了書包出門後，就沒有回家，剛剛有人在橋頭撿到蔡其珍的書包。」

小霓禁不住打了冷顫，「橋頭？她該不會跳河自……殺吧？」小霓最近可沒有招惹她，蔡爸爸和小三也沒有任何動靜，況且，江學志和蔡其珍勢不兩立，怎麼會突然關心她的去向？

「到底發生什麼事情？」小霓很認真的問。

「因為……因為……蔡其珍模擬考的成績退步了好幾名，被她媽媽罵，她媽媽罵她……罵她……像孟小霓一樣爛。」江學志吞吞吐吐說。

怎麼又扯到她身上了？小霓嘆口氣，「那要她媽媽自己去找蔡其珍啊！」

「溪水暴漲，大家都很擔心蔡其珍會出什麼意外，你平常就很厲害，很會找人，拜託看在大家都是同學的分上一起幫忙找，我已經通知其他同學了。拜託了，再見。」

小霓盤腿坐在沙發上，瞄到茶几上外婆翻譯的那本書《復仇的女孩》，她想起書中的一段話：「當我們心中懷著仇恨，受傷的反而是我們自己，因為仇恨的情緒會啃噬我們的心。」

況且，蔡其珍除了比較毒舌之外，不算是個壞人，小霓覺得她應該也是個內心寂寞的人，需要朋友，卻不知道如何得到朋友。

於是，她開始回想蔡其珍的一言一行，整理其中的任

何線索，因為像無頭蒼蠅一般到處亂飛，是無法在短時間內找到蔡其珍的，時間拖得愈久，對蔡其珍愈不利。

為了爭取時間，小霓決定先出門，穿上雨鞋、雨衣，走下階梯，河邊已經有很多同學在找蔡其珍了，如果她真要跳河，現在誰都救不了她了。如果她沒有跳河，她會去哪兒？

小霓突然想起她剛來彩虹村時，江學志跟她說起壺穴的故事，蔡其珍在一旁插嘴說：「我對壺穴沒有興趣，我比較喜歡研究防空洞。」

彩虹村共有兩個廢棄的防空洞，隱身在偏僻的山路上，陰暗又潮溼，洞口長滿許多雜草，據說，日治時代是人們躲避空襲警報時的藏身處，長得白皙秀氣的蔡其珍竟然喜歡那種地方，當時小霓就覺得很奇怪，隨口追問了一句「為什麼？」。

蔡其珍卻發表了怪異的言論，「防空洞很像媽媽的子宮，看不到一點光線，躲在裡面很安全。」

難道，蔡其珍會在廢棄的防空洞？好像回到她媽媽的子宮裡？

　　小霓越過橋頭，朝狹窄的山路走去，因為平常很少人走，路上滿是爛泥巴，好不容易才找到草叢裡的防空洞。

　　撥開雜草，往裡走了幾步，除了山壁流下細小的水柱，意外的，洞裡面並不潮溼，跟她的想像不一樣。小霓收起雨傘，望著洞裡一片黝黑，猶疑著是否要繼續走進去？

　　她嘗試著叫了幾聲「蔡其珍！蔡其珍！」沒有任何回應。她只好換了台詞說，「蔡其珍，如果你在裡面，請你立刻出來，不然我就去叫你媽媽叫江學志還有其他同學來了。」

　　這招果然有效，只見蔡其珍從凹洞後方走了出來，撇了撇嘴，「叫什麼叫，我耳朵沒有聾。」

　　小霓看到她臉上有雨水，還有淚痕，明顯的哭過，連忙說：「你媽媽以為你跳河，緊張死了，大家都在河邊找

你。你到底怎麼了？你忘了美麗黃阿姨失去兒子的傷心，你也要這樣對你媽媽嗎？」

「你知道什麼？我媽媽根本不愛我，她只是把我當作她跟爸爸談判的籌碼，她每天逼我念書，考好成績，還不是為了她的面子，她要讓爸爸知道，沒有爸爸，我們也可以過得很好。可是，我一點也不快樂，我好羨慕林書豪，他雖然哈佛畢業，卻可以按照興趣——去打籃球。」

又是林書豪，大家都快瘋了，三句不離林書豪。小霓雖然也很欣賞林書豪，卻擔心他以後打不好球，所以不敢把他當作偶像。

「那你到底喜歡做什麼呢？」

「我喜歡唱歌、喜歡演戲、喜歡跳舞，我將來想要去念藝術大學，我不要念台大。」

怪不得蔡其珍把書包丟在橋頭，這代表她的抗議吧！「你是故意考試考差的對不對？可是，你這樣消極抵抗有什麼用，還為這個鬧自殺，太不值得了吧！」

蔡其珍突然掩面啜泣，「我真恨我自己，連自殺的勇氣都沒有。都是你害的，你不來我們學校就好了，江學志就不會⋯⋯就不會移情別戀。」

「你說什麼？」小霓大吃一驚，還以為自己聽錯了，忍不住尖聲怪叫，「你喜歡江學志？怎麼可能，你整天嘲笑他，他躲你都來不及了。」

「反正我就是喜歡他，他敢做一些我不敢做的事情，

我也很想蹺課、考最後一名⋯⋯都是你，江學志說他喜歡的人是你，他還說我一點也比不上你。你有什麼好，你媽媽是小三，你成績又那麼爛⋯⋯。」

小霓嘆了一口氣，男生為什麼要喜歡女生，女生為什麼要喜歡男生？搞得這麼複雜。「你放心好了，江學志只是我的好朋友。雨停了，回家吧！」

「真的？你不喜歡江學志？」蔡其珍臉上閃過一絲隱隱約約的笑，靠近兩步問。

「套句林書豪的話，他現在只想專心打球，我也是，我只想專心做學生、做熱血少女，這樣比較快樂。」

小霓知道，蔡其珍的事情應該雨過天晴了，她的任務也算完美結束。她跟蔡其珍擺擺手，走出防空洞，卻嚇得直拍胸脯，因為江學志就站在洞外面，臉色像天空般灰白，她「啊？」的慘叫一聲，只好硬著頭皮說：「蔡其珍，這是你開的頭，自己收拾善後吧！」然後，頭也不回的快速跑走，心想，這場雨最好繼續下個不停，她就不用

回學校面對江學志。

※　　※　　※

老天好像真的聽到她的要求，大雨稍稍停了一個晚上，又沒完沒了的往彩虹村裡澆灌。外婆望著被雨水淹得奄奄一息的香草家族們，無奈的說：「還以為春天剛好可以發出新葉，卻整個被這場雨毀了。」

雨水也使得山上的外婆家充滿溼氣，而外婆查訪到的媽媽近況，更是讓她的心也彷彿浸在洪流裡。

「小霓，你媽媽去美國了，所以過年沒有回來，她說要去處理一件急事。」

再急也不致沒有時間吃一頓年夜飯，或是撥一通電話，況且，媽媽不是沒有錢嗎？她為什麼要出國？媽媽根本就是不在乎她，她無法原諒媽媽的不告而別，她徹底成了棄兒，或許要在外婆家住一輩子了。

日曆上是個大大的8，今天是3月8日婦女節，幾十年前，女生為了爭取獨立自主，不要依附男性，費了多少心

思，可是，為什麼許多女生還是離不開男生？她的媽媽、蔡其珍的媽媽、何如晴的媽媽，她絕對不要像她們這樣。

心情低潮沒有多久，藍溪就帶來好消息，「二哥說，我們整天坐在家裡快要發霉了，他請我們看電影、吃廟口……」

「這樣不好意思，外婆說過，我不能一直讓你們請客，換我請看電影，你二哥請吃廟口……」

「你的意思是答應了？太棒了，二哥還說你一定不肯去的，我跟他打賭贏了。」藍溪笑得好開心，自從她的病情好轉後，彷彿陽光住進她心裡，每天的面容都好燦爛。相形之下，好像小霓變成了秋天。

他們看的是一部喜劇片，笑得肚子一直抽痛，所以在廟口小吃攤只吃了花枝羹、炸天婦羅，小霓就覺得好撐。

藍湖問她，「你如果沒有胃口，我帶你們去碼頭看船好不好？雨天看船，感覺特別不一樣。你到彩虹村這麼久，一定沒有看過大船進港。」

藍湖的點子向來就多，只見藍溪拚命點頭，小霓也不想這麼早回家，跟著他們走到碼頭。大概是下雨的緣故，碼頭邊停滿了船，藍湖跟他們一一介紹著，「這是油輪、這是貨輪……那艘好像是客輪。」

　　「還是我來介紹吧！」藍海的聲音突然從後面冒了出來。

　　藍溪乍見藍海，高興的抱住他，又笑又跳，連雨傘飛走了也顧不了，「大哥，你終於出現了，我還以為你不要我了呢！你怎麼會在這裡？這一回，你不走了吧！」

　　藍海摸摸藍溪的頭，用力回抱她，解釋著自己的現身，「傻妹妹，大哥永遠是你的大哥。我本來已經要走了，因為下大雨，等待進港的船又多，有些貨物來不及卸完，所以耽誤了兩天，我才有空下船。」

　　小霓明白，這是藍湖刻意安排的「驚喜」，他知道他們兩個女生都很想念藍海。

　　「這裡風大雨大，有點冷，要不要到我們船上參觀參

觀，剛好大廚煮了紅豆湯。」藍海提出邀請。

「好啊！我從來沒有看過船裡面長什麼樣子。」小霓心頭的陰霾立刻消散，跟著藍溪一起點頭說好。

「可是，我聽爸爸說過，這些船不讓外人參觀的。」藍湖問。

「沒關係的，船長是爸爸的好朋友，我們待會要吃晚餐，你們還可以一起吃……」

藍海的提議讓小霓興奮莫名，「太棒了，藍湖、藍溪，我們趕快上船啊！」

藍湖不由搖頭，「孟小霓，你剛剛不是說自己撐死了，再多吸一口空氣，肚子就會爆炸？」

「噓！」小霓把手指擱在嘴脣上，「你不要搞破壞，我是為了藍溪。」

她不好意思說自己比藍溪更高興，只要能多爭取一點跟藍海相處的時間，她就滿足了。

在船上繞了一圈，小霓問藍海，「你喜歡流浪的感覺

嗎？」

藍海點點頭，「當我每天望著沒有邊際的大海，我的心也變得很開闊，好像我的世界也變大了，可以無限延伸。」

「我聽人說過，每個人一生都要流浪一次，因為流浪可以讓人成長，是這樣嗎？」

藍海摸摸小霓的頭，「才幾天不見，你就長大了。」

小霓嘟噥著，「我長大了，你也不會等我。」

「你說什麼？」藍海沒聽清楚，問她。

「沒什麼！」小霓藉故走開。站在甲板上，望著雨水沿著傘緣滴下，遠方的海面一片迷濛，看不到藍海所謂的遼闊。她擦去臉上飄過的雨絲，心中隱約明白，她不是藍海的菜，藍海甚至不曾把她當作妹妹看待，如同藍溪說的，他只愛自己，他不會在乎別人，所以女朋友也離開他。

她記得外婆的書上有段話，越在乎一個人，就會被這

個人牢牢綁住，唯有放下這個人，才能得到真正的自由。

「一個人在想什麼？我找你找了好久。」藍湖沒在船艙裡看到小霓，有些擔心，尋了出來，「這裡風大，別感冒了，你還是進來裡面躲雨吧！等一下就要吃飯了。」

為什麼藍湖的話總是讓她覺得溫暖，他是真心關心她的，於是，她像跳舞一般轉了個圈面向他，卻見到藍湖沒有撐傘，而是把夾克往上拉遮住頭，可見得他是多麼焦急的到處尋找自己。

她一直以為沒有人喜歡自己，爸爸不喜歡、媽媽不喜歡、好多同學不喜歡、藍海也不喜歡……她卻忘了換個角度去想，外公外婆喜歡她，藍湖藍溪喜歡她，還有江學志、何如晴、梅老師……甚至又開始在池塘裡游來游去的蝌蚪……都對她很友善。

於是，她終於笑開了，「藍湖，我們回家吧！我真的不餓。」

藍溪雖然不想這麼早離開藍海，可是，藍海跟她保

證，他每次航海回來都會見她一面，她才緊緊抱著藍海好一會兒，才依依不捨的鬆開他。

走往公車候車站，雨竟然停了，山邊出現彩虹，藍溪指著天空說：「小霓，你看，彩虹上面還有一道淡淡的霓，好夢幻喔！你媽媽應該也是很夢幻的人，才給你取了這個名字。」

小霓幽幽嘆氣，「霓是虹的複製品。虹不出現，霓就無法存在。」

藍湖卻不以為然，「我覺得霓才稀奇、霓才少見、霓才特別。」

「二哥，你幹麼那麼激動？」藍溪眨了眨眼，覺得藍湖有些失態。

藍湖抓抓頭，有些尷尬的說：「我只是很討厭孟小霓每次都說些喪氣的話，那麼沒有自信。」

「霓，真的很特別嗎？」小霓彷彿自言自語，一個人坐在公車最後一排，托著下巴、望著窗外，發呆。

他們在彩虹村下了車，意外的，天空出現繽紛的晚霞，彷彿預告著狂瀉許久的雨水，終於要停了，學校也要開始整理校舍，他們的生活也要步入正軌。

　　小霓卻沒有想到，彩虹過後，竟然是另一場風暴的開始。

天上掉下來的爸爸

　　小霓決定調整心態，把媽媽的問題擱在一邊，認真讀書、跟同學建立好關係，珍惜藍湖藍溪兄妹的情誼，盡量配合外公外婆，不要帶給他們太多的麻煩，或許，她的日子會比較好過。

　　才下定決心沒有多久，老天似乎就跟她開了一個玩笑，喔！不，不是玩笑，簡直就是惡作劇，想要把她一棍子打進地獄。

　　她先是聽到隔壁藍溪一聲驚叫，以為發生什麼大事，立刻衝出家門，就在兩家中間的小路碰個正著，只見藍溪哭得兩眼通紅，小霓剛問她「怎麼了？」她好不容易止住的淚水，瞬間迸流，她不停用手背擦拭淚水，卻怎麼也擦不完。

　　「我爸爸……我爸爸……」藍溪趴在小霓肩頭啜泣著。

「你爸爸怎麼了？他出什麼事了嗎？」小霓急急問。

藍溪搖搖頭又點點頭，「他要結婚了！」

「喔？」這事情早在小霓意料之中，可是，藍溪並不反對她爸爸結婚，為什麼哭得這麼傷心？「是藍海反對嗎？他反正已經上船了，就不要管他了。」

「不是的！」藍溪輕輕跺著腳，「我爸爸他……他要搬家！」藍溪刻意強調「搬家」兩個字，「他說他要留在台灣工作，要另外買房子，搬離開彩虹村。」

小霓拍著藍溪背脊的手突然停在半空中，是她聽錯了嗎？藍溪藍湖他們要搬家了？她就要失去她的好朋友，失去她留在彩虹村的動力。

這回換小霓哭了，她不明白為什麼幸福和快樂都是如此短暫。她哀求藍溪，「你可以跟你爸爸據理力爭，說你在這裡住，空氣比較好，身體也比較好，他那麼疼你，說不定會改變主意。」

「不可能的。我們家說話最有分量的是藍湖，他很

會講道理，只有他還有一點點可能說服我爸爸，你應該去求藍湖……」藍溪轉身跑掉了，小霓還想問她什麼時候搬家，已經來不及了。

都要搬家了，哪一天搬又有什麼重要？

要她去求藍湖，她做不到，藍湖會誤以為她喜歡他，況且她更希望留下的是藍溪。如果藍湖想要留下，他自己會去爭取的，她何必多管閒事。

夜裡睡覺，想要留住藍溪的幾種想法不停翻攪，惡夢更是不斷糾纏。連續幾晚，小霓都睡得不安穩，甚至想請外公外婆出馬留下藍家。可是，她又想，大人會懂他們的心情嗎？藍爸爸又能體會她跟藍溪彼此的情誼嗎？

※　　　※　　　※

因為大雨停歇，學校重新恢復上課，遭到土石流掩埋的教室必須重建，這麼一來，教室不夠使用，只好兩班一起上課，教室裡變得十分吵鬧。

小霓獨自坐在角落，望著窗外發呆，對教室裡的一

切視而不見，何如晴請她幫忙維持秩序，她自己都快煩死了，也只能說，「你找江學志。」

「啊？江學志。」何如晴提高音調，「你不知道他這兩天都沒有來學校。」

「真的？」小霓猛抬起頭，為了藍溪搬家的事，她變得魂不守舍，竟然沒有注意到江學志舉止怪怪的，甚至缺席沒有來上課。

「他生病了嗎？他已經很久沒有蹺課了。」

小霓轉頭望了一眼蔡其珍，她正在跟李美彌說話，看不出任何端倪，真正應該擔心江學志的是蔡其珍，她怎麼不動聲色、毫無動靜？

放學以後，小霓回外婆家放下書包，然後轉往江學志的家。

這是她頭一次到江家，江家的房屋是早期的磚造房屋，外觀十分簡陋，可是，屋前屋後都打掃得很乾淨，矮牆上晒著數十片白蘿蔔，塑膠繩上晾著幾件衣服，從衣服

花色的褪色程度，看得出來他的家境應該不怎麼好。

　　她按了門鈴，應門的男人有對粗濃的眉毛，一看就知道是江學志的爸爸，「誰啊？」他開口說話，竟是滿嘴的酒味。

　　「我……我要找江學志！」

　　「這個死小孩，要他上學不上學，要他做工不做工，死死去算了。」江爸爸甩上門，頭也不回走了。

　　小霓只好自己摸索著進去，嘗試著呼喚：「江學志，你在家嗎？」

　　「我……我在這裡。」聽起來有氣無力，但是小霓確定是江學志的聲音，從客廳隔壁的房間傳來。

　　房間開著微弱的小燈，窗簾是拉上的，江學志躺在床上，試著要坐起來。小霓阻止他，「你是不是生病了？你都沒有告訴我，我們是好朋友耶！」

　　「算了，你根本不關心我的死活，我爸也叫我去死了算了，不會有人在乎我的。」

「有啊！蔡其珍一定在乎你，她如果知道你生病了，一定會來看你，帶燕窩、雞精、靈芝液給你喝，還是你喜歡炸雞排、大腸包小腸、麻辣臭豆腐……我跟她說。」

「她如果來了，我大概會立刻死掉。孟小霓，我如果死掉，你要答應我每年清明節去幫我掃墓。」

「你不要說得這麼不吉利，你到底生了什麼病？為什麼不去看醫生。」

「沒有用的，誰都治不好這個病。」江學志嘆口氣。難道他得了很嚴重的病，甚至無法起床？

「你不要嚇我啊！藍溪要搬家，你也要離開我嗎？」小霓眼眶紅了。

「我知道你關心我，謝謝你。你聽過睡美人的故事嗎？」

小霓點點頭。

「王子親了睡美人之後，睡美人就醒了過來。我不需要你親我，只要你說你喜歡我，我就會立刻痊癒。」江學

志嘻嘻笑說。

「你……你……你……」小霓知道自己被戲耍了，氣呼呼的說，「你怎麼可以這樣欺騙人、欺負我，我是你的朋友耶，我永遠都不跟你說話了。我決定要離開這裡，再也不給別人傷害我的機會。看看到底是誰傷了誰的心？」

江學志慘叫連連，從床上跳起來，一直跟她道歉，「對不起，我不該跟你開玩笑。我是真的生病，只是現在比較好了……」

小霓掉頭就走，「誰管你，反正有蔡其珍喜歡你。」小霓邊走邊掉眼淚，這個節骨眼，江學志還跟她開這麼大的玩笑，難道何如晴也跟他聯手嗎？平常她可能一笑置之，現在卻覺得飽受打擊，傷口上又被狠狠劃上一刀……

※　　　※　　　※

小霓被一樁接一樁的煩心事擠進牛角尖，愈想愈生氣，愈想愈頭痛，似乎有點了解當初藍溪遭到校園霸凌為何會得憂鬱症，而她，大概會得躁鬱症，勉強去學校，她

一定會控制不了自己的情緒，搞不好還會跟同學打架。

於是，她決定在家自暴自棄，效法那些輟學的前輩，賴在家裡，拚命吃，日以繼夜玩線上遊戲，反正外公外婆不會罵她。

她看過新聞報導，有個國二女生的媽媽在外地工作，

她跟外公外婆一起住，她不喜歡去學校，天天除了吃飯睡覺，就是上網玩遊戲，外公婆對她寵愛有加，擔心她打電腦太辛苦，買了許多零食給她吃，她就這樣玩了吃、吃了睡、起來繼續玩……從50公斤變成90公斤，體重變得跟林書豪一樣重。

她也要如法炮製，這麼一來，她也會出名，她就可以跟電視台爆料，她的爸媽不要她，她的同學欺負她……。

可是，她坐在電腦前沒有多久，就覺得眼睛酸、屁股麻、腦袋昏沉，外婆過來問她，「怎麼不去學校？不舒服就去看醫生。」順勢摸摸她的額頭想確定小霓是否發燒了？

「我決定輟學，這樣的人生太無趣了，我不要去學校，學校裡都是豺狼虎豹。」

外婆卻說，「來，我陪你去學校，看看是誰對你不友善？你不能一味逃避。」

「統統都不友善，媽媽不友善、同學不友善、藍爸爸

不友善、美麗黃阿姨不友善……」小霓忍不住趴在電腦桌上大哭，「為什麼我這麼衰，到哪裡都不受歡迎。」

「今天你就在家裡休息一天，我幫你請假，剛好明天清明節也放假，我們一起包水餃好不好？你不是最喜歡吃蝦仁水餃。吃完水餃，說不定你的心情就不一樣了。」外婆也不逼她，給她呼吸的空間。

買妥各種食材，外婆拌著餡料，小霓一旁出主意，在水餃餡中加入不同的香草植物，例如百里香、羅勒、荷蘭芹、紫蘇……想要試試看各自的風味有何不同。

就在這時，媽媽突然來了，跟外婆悄悄說了幾句話，就對著小霓說，「你跟媽媽出去一趟。」

「我不想出去，我要包水餃。」小霓低垂著頭，還在生媽媽的氣。

「去吧！水餃我會先冷凍起來，等你回來，我們一起吃。」外婆摟摟她的肩，鼓勵她說。

難道外婆知道媽媽要帶她去哪裡？所以沒有阻止。可

是，她不想開口問媽媽，總不會是想把她賣掉吧！

　　媽媽破例搭乘計程車，一路上兩人之間的氣氛僵著，誰都沒有說話，顛啊顛的，小霓不由睡著了。車子繞過無數山路，約莫過了一小時，迷糊間，只聽媽媽說，「請往左邊墓園那條路。」

　　「墓園？」小霓抖了一下，忽然嚇醒了，不寒而慄著，媽媽要掃誰的墓？是她不認識的祖父祖母？

　　墓園布置得很像花園，噴水池、雕像、藝術路燈，無形中沖淡了恐怖氣氛。小霓隨著媽媽走往一排排陳列整齊的方形墳墓，墓占地很小，應該是放著骨灰罈吧！每塊石碑上鑲嵌著照片，以及簡單的死者介紹、死亡年月日。

　　然後，媽媽停在擱著一束小雛菊的墓前，彷彿刻意壓抑著悲傷淡淡的說，「這是你的爸爸。」

　　「爸爸？」她在心底低呼，她的爸爸死了，就躺在土裡面，這是怎麼回事？

　　她抬頭，微蹙著眉，不明所以的望著媽媽。

媽媽又強調一遍,「這是你爸爸。」

爸爸死了嗎?什麼時候死的?媽媽為什麼不在爸爸活著的時候帶她見爸爸,而是一堆土、一塊石碑、一個不會跟她說話的失去溫度的骨灰罈?

當她眼光瞄見石碑上的姓名,卻渾身僵硬,那名字如此熟悉,竟然是報上出現無數次的企業家──秦宗緒,他果然是她爸爸,豪宅外那溫暖的眼光,當時的眼神交會間,他是否知道小霓就是他尋找已久的女兒?

「他姓秦、我姓孟……?」小霓囁嚅著提出疑惑,不敢相信眼前的事實。

「當初是我一個姓孟的朋友暫時認養了你。我可以沒有丈夫,可是,你不能沒有爸爸。所以,這些年我一直嘗試各種努力,希望你能夠認祖歸宗。可是,他們卻要求把你送給他們……對不起,媽媽捨不得你,不忍心跟你分開,所以沒有答應。直到……直到……」

「直到什麼?」小霓追問。原來媽媽不是不愛她,她

嘗試用另一種方式彌補她當年犯下的錯。

　　就這樣一步步揭開小霓的身世之謎，彷彿一齣每天不同劇情發展的電視連續劇，小霓不曉得還會有什麼驚人發展。

　　媽媽坐在草地上，輕輕撫觸著小草，嘆了口氣說，「你爸爸罹患重病，到美國尋求治療，當我知道他即將不久人世，特別趕到美國，哀求你爸爸的妻子，求她讓我陪伴你爸爸，就是一天也好。最後，她答應了，也同意讓你姓秦，但是我必須放棄所有繼承權。這個墳墓裡，是你爸爸的一撮骨灰、一件衣服、一幅眼鏡。」原來，媽媽過年時失蹤，是趕到美國見爸爸最後一面。

　　小霓摸著墓碑上的照片，她的眼淚緩緩流下，一場夢如此短暫，好像天上掉下來一個爸爸，眨眼工夫，又被上帝帶回天上。

　　她永遠沒有機會像別人那樣可以看到自己活生生的爸爸，即使是江學志天天喝酒的爸爸、跟小三聯手打蔡媽

媽的蔡其珍爸爸,或是經年在海外工作難得回家的藍爸爸……什麼樣的爸爸都好,她不要一個死掉的爸爸,姓秦、姓孟、姓潘……姓什麼都不重要,重要的是她要看到爸爸,她要投進他懷裡抱著他,她要撒嬌似的要他說故事書,她要跟著他去爬山、潛水、吃路邊攤……她有好多的夢,要跟爸爸一起完成,卻再也沒有機會了。

她愈哭愈傷心，媽媽把她攬進懷裡，讓她盡情痛哭。身邊走動著其他來掃墓的人，淚眼模糊間，她彷彿看到爸爸的身影，在水池邊、在樹叢裡、在路燈下，跟她揮著手，風一般的溫柔聲音在她耳邊響起，「爸爸愛你……爸爸愛你……」

媽媽摸著她的頭髮輕聲說，「你爸爸要我告訴你，你要快樂的活下去，因為他的一部分已經在你身體裡跟你一起活著。」

媽媽把身分證遞給小霓，原來父親那一欄是空白的，現在卻寫著「秦宗緒」三個字，她不再是「父不詳」的孩子。多年來，媽媽不是為了自己委曲求全，而是為了小霓，她還怪媽媽，不斷傷她的心……

「我真的不是要偷別人的丈夫，我愛上他的時候，他的妻子住在美國，等我懷了你，才知道真相，媽媽對不起你，可是，媽媽會用一輩子來補償你……」

媽媽原來是多麼尊貴的公主，在外公婆的呵護下長

大、在眾多男子的熱烈追求中被眾星拱月，只因為愛上不該愛的人，於是，她從雲端跌下，被羞辱、被貼上印記。她不像蔡爸爸婚姻中的小三，那麼霸道囂張，媽媽只是躲在暗處，在懺悔中數算自己的錯，希望得到原諒。

到底誰可以定媽媽的對錯？定媽媽的生死？媽媽的自我懲罰什麼時候才能結束？是小霓、是爸爸、是外公外婆、還是這整個社會可以赦免媽媽……

小霓抬起頭仰望藍天，深深呼了一口氣，不曉得為什麼，爸爸的過世讓她傷心難過，感到極大的失落。可是，另一方面卻讓她得到解脫，從此她不必擔心爸爸是誰，爸爸在哪兒，爸爸就住在她的心裡、身體裡；而媽媽的這段過去，也隨著爸爸一起埋在土裡，也因為爸爸不見了，她的「小三」身分也消失了，她可以得到新生。正如同藍湖曾經送給她的一句話，「舊事已過，都變成新的了。」

※　　　　※　　　　※

回到外婆家，一起吃著水餃，只是餐桌上的外公，對

媽媽依舊冷淡，小霓想要找話說，卻因為太久以來都是少言少語，不知道該說些什麼。

媽媽獨自坐在陽台上，看起來如此蒼白，好像隨時會被風吹走，小霓突然覺得媽媽好可憐，如果外公無法接納她，她是否應該跟媽媽一起走，照顧媽媽？

想到彩虹村那些讓她傷心的人事物，也許現在離開正是時候。

她整理著房間，原先的東西就不多，很快就收拾完畢。

她拖出床底的行李箱，卻同時拖出一張些許泛黃的照片，是媽媽和一個小男生手牽手的合照，差不多小學四、五年級的樣子，小男生是誰？媽媽的青梅竹馬，或是鄰居小男生？

當她拿著照片跑去問外婆時，外婆的臉色頓時發白，厲聲喝問：「你哪裡來的照片？」

小霓從未見過外婆這樣的面容，嚇得一陣抖索，吞吞吐吐說：「我在床底下發現的……」

彩虹搬到綠屋裡

外婆很少跟小霓發脾氣，或是板著一張臉，這回卻臉色發青，眼中含怒。小霓更加懷疑泛黃照片中跟媽媽合影的人透著蹊蹺，她忍不住多問了一句，「這個小男孩是誰？」

沒想到，外婆繃緊的表情鬆了下來，而且流下眼淚，顫抖著手接過照片。

外婆向來堅強，外公也說，外婆是核子彈也穿不透的城牆，為什麼她會流淚？這回，小霓不敢問了，想要找藉口逃開來。

外婆卻擦了擦眼角，嘆了口氣說，「你外公不讓我說，我也就不願意說，久了不說不提，就好像這個人不存在似的。可是我怎麼可能忘了他呢！他是你媽媽的哥哥，也是你的舅舅。」

「舅舅？我有舅舅？他現在在哪裡？」莫不是舅舅得

了什麼重病，已經離開人世？

外婆這才說出隱藏許久的祕密，「你媽媽小學那年，我們帶你舅舅和媽媽一起去河邊玩水，沒想到上游突然洩洪，一時走避不及，情急之下，外公根本沒有時間考慮，就近救起你媽媽，眼睜睜看著你舅舅被水沖走……」

「媽媽知道這件事嗎？」媽媽雖然當時念小學，總該記得她有一個哥哥吧！

外婆搖搖頭，「你媽媽受到很大驚嚇，完全不記得她被水沖走的事情，所以我跟你外公商量，決定把你舅舅的相關事物都收起來，絕口不提，不希望這件事在你媽媽心頭造成陰影。」

「所以，外公很後悔當初救了媽媽、放棄舅舅？」小霓猜測著。

「或許吧！外公對你舅舅一直懷著愧疚，認為你媽媽應該懂得回報他，沒想到，你媽媽卻這麼傷他的心……這事情你知道就好，千萬不要讓你媽媽知道，她……身體不

好，禁不起刺激。」

小霓點點頭，心底隱隱覺得，外公還是愛媽媽的，否則他不會這麼生氣。可是，他們之間好像橫亙著比彩虹橋還寬大的橋，難以跨越。

小霓改變主意暫時不跟媽媽走，她希望留在外婆家，為外公和媽媽尋找一個和解的方法。卻怎麼沒想到，外婆家來了一位不速之客。

那時，小霓到山下買醬油，回家時，卻見到那個偷了外公骨董的學生尹哥哥，在門外閃閃躲躲的，小霓大聲問他，「你來做什麼，我外公家已經沒有骨董讓你偷了。」

尹哥哥囁嚅說：「你讓我見見潘老師，我說完話就走。」

「不行，我外公沒有錢借你了。」小霓開門後，張開手擋住他跟進來。

「小霓，什麼事啊？你在跟誰吵架啊？」外公在屋裡問。

尹哥哥不顧小霓的阻擋，硬是闖進來，見到紗門裡的外公，「噗通」一聲就跪了下去。

外公連忙出來，拉起他，「別這樣，起來說話。」

尹哥哥邊走邊哭，跟著外公進了書房。過了好一會兒，他們竟然有說有笑的走出書房，然後外公拍拍尹哥哥的肩膀，說：「老師這兒隨時都歡迎你，你自己也要好好加油喔！」

尹哥哥走後，外公照往常一般，看他喜歡的地理頻道的電視節目，小霓坐在旁邊望著外公，想問卻問不出口，外公看了看她說，「怎麼？想知道剛剛發生什麼事了。」

小霓用力點頭。

「他當初拿的骨董，送去當鋪典當了，當鋪老闆問他為什麼要典當，他就說自己想做小生意，沒有資金，沒想到，當鋪老闆卻額外借他一筆錢，希望他賺了錢再還他。後來他參加特考，找到一份好工作，決定把錢還給當鋪老闆，他才知道，當鋪老闆是我朋友，他見到那座銅牛雕像

就曉得東西是他偷來的，卻沒有揭穿他。我們都不忍心一個年輕人這樣被毀了，想用愛挽回他。所以，他剛剛把骨董還了回來。」外公說起來雲淡風輕，話語間卻充滿著濃郁的愛。

竟然這麼戲劇化，尹哥哥千挑萬選的竟是外公朋友開設的當鋪，有這麼巧嗎？真是不可思議。

小霓趴在臥室窗口，想著這幾天發生的一連串事件，好像，冥冥之中，上帝牽著線，要把所有散落的珠子，重新串起來。也許眼前看起來是困境，走啊走的，卻是雲開見月明。只是，外公可以原諒學生，為什麼卻不原諒自己的女兒？

※　　　　※　　　　※

春暖花開，滿山都是小鳥的鳴唱，池塘裡的蝌蚪也逐漸縮了尾巴，朝成熟的青蛙邁進，一隻隻跳離池塘，小霓是否也要離開她的池塘呢？她敲敲腦袋，不禁嘆了口氣，以她小腦袋裡有限的智慧，她真的不知道怎麼為自己找到

出路。

　　就在這時，江學志和何如晴趕上了她，「孟小霓，走慢一點！」

　　何如晴率先問她，「聽說你要離開彩虹村？」

　　小霓不置可否，江學志迫不急待挽留她，「你不要生我的氣，你要我站在彩虹橋上說一百遍孟小霓對不起，或是，到101大樓頂樓說一百遍孟小霓我不喜歡你……我都答應，只求你不要離開彩虹村。」

　　小霓拍手說好，「你去說你去說，看我會不會走。」

　　何如晴拉拉江學志，「我就跟你說，孟小霓不會走的，一定是蔡其珍胡說，要嚇你的。」

　　「好，我要找蔡其珍算帳。」江學志氣沖沖跑下山。

　　小霓靠著池塘邊的樹幹，想著一年多來發生的許多事情，她為什麼會到彩虹村？為什麼會遇到這些人？這些人真的只是過客，從此在她的生命裡除名嗎？

　　「怎麼？又在發呆了。藍溪去你外婆家找你，沒找

到，我就知道你在這裡。」藍湖突然現身，嚇了她一跳，可是，她沒有怪他嚇到她，好像下意識她就在等待藍湖到來。

「你，沒補習？」她看看手錶。

「想試試看自己讀，老是去補習班靠老師教，自己都找不到讀書的方法了。小霓，藍溪要我問你，如果我和藍溪不搬家了，你是不是保證一直住在彩虹村？」

小霓歪嘴笑了笑，「好奇怪，當初我來，大家都討厭我，現在卻個個想要留我……」

「你受歡迎不行嗎？連藍溪都有人捨不得，就沒人留我。」藍湖故意說，「我爸結婚的日子決定了，藍溪要當伴娘，要你陪她一起去挑禮服。」

「這麼快。」

「小霓，我知道，我爸爸的決定很難改變，可是，這段日子以來，我看到藍溪愈來愈健康快樂，說實話你的功勞不小，我會試試看求我爸爸不要搬家，至少也不要搬得

太遠。」

「可是老師說，天底下沒有不散的筵席。現在不分開，總有一天會分開。」雖說小霓搬家都搬怕了，可是，想到母親那張哀傷的臉，她不得不煩惱。

藍湖意有所指的說，「不管過去發生什麼事情，我們都應該學習看向未來。這張卡片送給你，是我很喜歡的一句話。」

藍湖把一張名片大小的卡片遞給她，上面寫著：

「忘記背後，努力面前，向著標竿直跑。」

小霓輕聲念著，抬眼望他，不太明白他的意思，更不敢告訴他，她打算跟媽媽一起離開。

藍湖自顧自說，「標竿可以是夢想，也可以是快樂，只要我們學會忘記已經發生的過去，努力經營看不到的未來，幸福自然來。就像我爸爸再婚，我也能接受，因為媽媽不在了，總要有人去愛爸爸照顧爸爸，說不定，我們又多了一個愛我們的阿姨。」

「那藍海呢？」

藍湖聳聳肩，「只好隨他了，這事不能勉強，有一天他或許會想通。不過我已經計畫好，不管搬到哪兒去，我以後考大學，也只選擇這裡附近的大學，因為我要做藍溪和你的守護天使。」他愈說愈小聲。

小霓沒聽清楚藍湖最後這句話，不停翻轉著手中的卡片，腦海也翻騰著，她想到外公書房牆壁上「忘記過去，定睛現在」的書法，跟卡片上的話有異曲同工之妙。

她猛然跳起來，突然說，「我知道了，我想到方法了。謝謝你，藍湖。」接著往外婆家直跑。不管結果如何，她也要效法藍湖，爭取最後的機會，求外公原諒她的媽媽，逃避，永遠無法解決問題。

考慮了兩天，趁著外婆進城辦事，小霓決定跟外公開誠布公，分享心裡的話，外公要罵要打要處罰她，她都認了。

洗好碗，外公進書房上網，剛打開電腦，小霓見機不

可失，走過去坐在擱著銅牛雕像的書桌旁，面對著「忘記過去，定睛現在」的字畫，小聲問外公說，「我可不可以跟你說幾句話？」

外公放下手中滑鼠，托了托老花眼鏡，「什麼事？交了男朋友，不敢告訴外婆？」

小霓搖搖頭，「不是的。」她深吸一口氣，緩緩說道，「外公，你曉不曉得我清明節跟媽媽去掃墓了。」

「嗯！」外公輕輕應著，臉上表情很平靜，水波不興。

「我讀我寫的一篇母親節作文給你聽。」小霓擔心自己表達不清楚，於是，決定先寫下來，才不會緊張得舌頭打結，或是被外公嚴厲的眼神嚇得語無倫次。

外公如同以往的和藹面容對著她微微點頭，小霓鼓足勇氣打開手上的A4紙，開始念著……

「我跟媽媽好像站在彩虹橋的兩端，她想走過來，我也想走過去，可是，彩虹橋一直都在施工，不通。

直到清明節，發生了一件事。

　　這是我第一次跟媽媽去掃墓，竟然是掃我爸爸的墓。我從來沒有見過爸爸，因為他是別人的爸爸。所以，我之前很不願意接近媽媽，覺得媽媽讓我丟臉，害我到處被同學、被鄰居指指點點，而且，有爸爸等於沒有爸爸。

　　可是，當我站在爸爸的墳墓前，卻沒有自己想像的激動，大哭一場後，我反而好像得到解脫。爸爸已經死了，就不用再去想他，過去的屈辱也可以畫上句點，更何況，我相信媽媽受的折磨與痛苦不比我少。

　　當我這麼想的時候，我看著媽媽，突然發現自己不那麼討厭她了，就像外公書房牆上的話，『忘記過去，定睛現在』，我已經錯過許多跟媽媽相處的日子，我要重新開始學習去愛活著的媽媽。

　　現在的彩虹橋，已經恢復通車了。」

　　小霓念完後，隱約看到外公眼角的淚水，她技巧的沒有提起「舅舅已經死了」的祕密，卻藉著爸爸的去世，希

望外公重視活著的媽媽。不要只是原諒別人，卻對自己人殘忍，不肯原諒自己的女兒。

「謝謝外公聽我的分享，這也是我要在母親節送給媽媽的禮物。」小霓不敢多做逗留，靜靜的離開書房，希望外公能夠明白她的苦心。

※　　　※　　　※

日子一天天過去，外公卻沒有任何動靜。眼看著母親節要到了，小霓只好問外婆，「可不可以請媽媽一起過母親節？還可以一起請藍湖藍溪他們，他們一定很想念媽媽。」

「好啊！我問你外公看看，他應該不會反對吧！」

就在這時，藍溪按響他們家門鈴，小霓剛開門，藍溪就興奮的衝進來大喊，「小霓，有救了，山下剛好有人賣房子，我跟二哥去看過了，有足夠的房間給我們住，這下子我爸沒有藉口要搬走了。」

「可是、可是，如果我外公還是讓我媽媽在外面流

浪，我可能⋯⋯我可能會去陪我媽媽。」小霓不想欺騙藍溪，免得她到時候失望更大。

「什麼？孟小霓，你怎麼可以這樣？」藍湖冒了出來，「我們都在努力，你卻率先放棄⋯⋯」

「我媽媽很可憐⋯⋯」小霓哭了起來，「對不起，我也不想離開你們。」

「你再想想辦法吧！好不好，你再想想辦法，小霓，拜託你。」這回換藍溪哭了，兩個人抱在一起，好像下一秒就是世界末日。小霓悄悄望向藍湖，昏黃的門燈下，分不清他臉上的表情是不捨還是怨氣？

果然，如外婆所料，外公答應媽媽回來過母親節，卻不准她過夜。這表示外公的心結並沒有打開，難道如同藍湖說的，解鈴還須繫鈴人？她決定打鐵趁熱，利用母親節前夕先去探望媽媽，決定把舅舅的故事攤在陽光下。如果還是無法達成任務，至少她努力過。

她萬萬沒想到，媽媽竟然說：「我知道我有一個哥

哥，他在很多年前病死了。」

「媽媽，他不是病死的，他是……他是……」小霓結結巴巴說不出口，難道這麼多年來，媽媽都不願意面對舅舅因她而死的事實。

「你知道什麼？他明明是病死的。」媽媽提高聲浪，「你如果再胡說八道，媽媽要請你出去了。」

小霓鼓足勇氣，一口氣說出事實真相，「我聽說他被大水沖走，外公為了救你，只好放棄救舅舅。我想，外公他真的很愛你。」

「是這樣嗎？真的是這樣嗎？」媽媽喃喃自語，好像回到她遙遠的夢境裡。

小霓好擔心媽媽知道這麼驚人的往事，會打消念頭不到外婆家過節，所以母親節一早起來，就不時的探頭看著屋外。

藍湖、藍溪也到外婆家一起幫忙準備。外婆發號施令說：「我決定用彩虹的七種顏色，加上我和小霓種的香草

植物，烹調母親節大餐。到時候，還可以蒐錄在《彩虹村的拿手菜》這本書內，你們則是我的二廚、三廚、小廚，怎麼樣？這點子不錯吧。」

於是，大家七嘴八舌的出主意，紫色的茄子加羅勒，紅黃綠椒炒雞丁加迷迭香，黃金釀豆腐加百里香，紅紫蘇魚片，橙花排骨加荷蘭芹，海鮮披薩加奧勒岡，什錦排骨湯加香茅和月桂葉⋯⋯

藍溪愁眉苦臉說：「可是沒有藍色怎麼辦？除了我們姓藍，沒有其他藍色水果糖、藍莓冰淇淋⋯⋯還是還是⋯⋯」

「你轉個彎不就行了，用藍色盤子啊！爸爸上次不是買了青花瓷的盤子。」藍湖提醒她。

小霓打量了藍湖一眼，奇怪啦！這男生不過大她三歲，好像什麼都懂，轉個彎，真的可以海闊天空。

這時，她看到媽媽的身影出現，提著外公最愛吃的萬巒豬腳。小霓噓了一口氣，她不要再煩惱了，她該做的、

能做的，都做了，結果就交給上帝，如果真有上帝，一定會幫她忙的。

小霓突發奇想提議說：「藍湖，我想到了，外婆家的大門就漆成彩虹，七種顏色的彩虹，特別吧！」

「你終於願意改變大門顏色了。不錯，綠屋虹霓，我們等下就去漆。」藍湖又發揮他的想像力。

看著廚房裡洗好、切好的彩虹般蔬菜，想像著過不久屋裡就會瀰漫著菜餚的香味，小霓由衷的說：「我好喜歡家裡這麼熱鬧，好多人走來走去。」

藍湖卻忍不住糗她說：「是誰啊？我們家剛搬來，外婆請我們吃飯，結果卻從頭到尾嘟著一張嘴。」

「那是過去的事，我們要忘記背後，努力面前……」小霓不甘示弱，用藍湖的話回敬他。一邊用眼睛的餘光注意媽媽的一舉一動，媽媽下樓了，媽媽沒有奪門而出，媽媽的嘴角帶著一抹飄忽的笑。

小霓心頭堵住多時的塞子，好像香檳酒瓶的瓶塞，忽

地被拔掉了，失蹤許久的快樂像泡泡般猛地直冒，瀰漫著葡萄的香氣。

「小霓啊！你要謝謝藍湖。」外婆意有所指的提醒小霓。

「為什麼？為什麼？」小霓不明所以。

「因為外婆看你不開心，就拜託藍湖幫幫忙逗你開心，看起來是不可能的任務，他卻真的做到了。」

「啊？」小霓臉色慘白，「你照顧我、接近我，都只是執行你的任務？你很過分喔！我還以為，我還以為……」想到他陪她肚子痛看急診，找聖誕樹扭傷腳揹她下山，看跨年煙火請她看電影、觀看港邊大船進港，難道都是在演戲？

「以為什麼？你以為我哥哥是假裝對你好？」連藍溪也開起小霓玩笑。

小霓很生氣，「誰要他喜歡了。」

「拜託，我怎麼敢喜歡你。」藍湖看到小霓瞪大的眼

睛，立刻改口，「我只想做你的守護天使。」

　　小霓很不習慣大家把焦點集中在她身上，跺跺腳說：
「我要去採香草了。」

　　藍湖、藍溪也跟著一起到後山採摘香草，滿山的香草
迎風搖曳著，有些開花了，黃的、白的、紫的，好像一片
彩虹花園。不一定要往天空或山谷尋找，他們的園子裡天
天有虹，還有霓。

　　小霓指著不同的香草，說明他們的特性和用途，還說
班上的某某同學像哪一種香草，喝哪一種香草茶可以美容
養顏變聰明……，香草就像人生的調味料，只要加入一點
點，就可以增添香氣……她不斷嘰嘰呱呱，話匣子完全敞
開，彷彿在她肚子裡關了許久的小麻雀，全放了出來。

　　藍湖撫著額頭說：「天哪！小霓，你是不是要把幾世
紀的話，一股腦說出來？我寧願回到從前。」

　　「回不去了。我也不想回去了。」小霓突然安靜下
來，想到最重要的一刻即將到來，不由得嚴肅起來。

　　　　　※　　　　※　　　　※

　　大家忙碌著把五彩繽紛的菜餚端上桌，擺好碗筷，陸續入座，藍湖、藍溪率先舉杯謝謝外公外婆邀請他們，然後藍溪說：「我要跟大家說個好消息，我爸爸下星期就會回來，他答應去看看山下的房子。」

　　「我也要報告一個消息，要請大家幫忙。」外公總算開口了，大家全都張開耳朵，注意傾聽，「外婆決定在山下開一間『虹霓香草屋』，賣簡餐和香草創意小物，需要很多的人手，請大家共襄盛舉。」

　　雖然外公沒有直接說他答應讓媽媽回來，但是大家都心照不宣，一起舉杯，預祝「虹霓香草屋」美夢成真。

國家圖書館出版品預行編目資料

綠屋虹霓／溫小平文；林俐圖--初版 . --臺北市：
　幼獅，2013.03
　　　面；　公分. --（故事館；5）

　　ISBN 978-957-574-899-9（平裝）

859.6　　　　　　　　　　　102002124

・故事館005・

綠屋虹霓

作　　　者＝溫小平
繪　　　圖＝林　俐
出 版 者＝幼獅文化事業股份有限公司
發 行 人＝李鍾桂
總 經 理＝王華金
總 編 輯＝劉淑華
副總編輯＝林碧琪
主　　　編＝林泊瑜
編　　　輯＝周雅娣
美術編輯＝李祥銘
總 公 司＝(10045)臺北市重慶南路1段66-1號3樓
電　　　話＝(02)2311-2832
傳　　　真＝(02)2311-5368
郵政劃撥＝00033368

門市

・松江展示中心：(10422)台北市松江路219號
　電話：(02)2502-5858轉734　傳真：(02)2503-6601

印　　　刷＝崇寶彩藝印刷股份有限公司　　幼獅樂讀網
定　　　價＝250元　　　　　　　　　　http://www.youth.com.tw
港　　　幣＝83元　　　　　　　　　　 e-mail:customer@youth.com.tw
初　　　版＝2013.03　　　　　　　　　幼獅購物網
二　　　刷＝2016.01　　　　　　　　　http://shopping.youth.com.tw
書　　　號＝AB00024

幼獅文化公司 ／讀者服務卡／

感謝您購買幼獅公司出版的好書！
為提升服務品質與出版更優質的圖書，敬請撥冗填寫後（免貼郵票）擲寄本公司，或傳真
（傳真電話02-23115368），我們將參考您的意見、分享您的觀點，出版更多的好書。並
不定期提供您相關書訊、活動、特惠專案等。謝謝！

姓名：＿＿＿＿＿＿＿＿＿＿＿＿＿先生／小姐

婚姻狀況：□已婚 □未婚　職業：　□學生 □公教 □上班族 □家管 □其他

出生：民國＿＿＿＿年＿＿＿＿月＿＿＿＿日

電話：（公）＿＿＿＿＿（宅）＿＿＿＿＿（手機）＿＿＿＿

e-mail：＿＿＿＿＿＿＿＿＿

聯絡地址：＿＿＿＿＿＿＿＿＿

1.您所購買的書名：**綠屋虹霓**

2.您通常以何種方式購書?：□1.書店買書　□2.網路購書　□3.傳真訂購　□4.郵局劃撥
　　　　　　（可複選）　　□5.幼獅門市　□6.團體訂購　□7.其他

3.您是否曾買過幼獅其他出版品：□是，□1.圖書　□2.幼獅文藝　□3.幼獅少年
　　　　　　　　　　　　　　　□否

4.您從何處得知本書訊息：□1.師長介紹　□2.朋友介紹　□3.幼獅少年雜誌
　　　　　（可複選）　　□4.幼獅文藝雜誌　□5.報章雜誌書評介紹＿＿＿＿＿報
　　　　　　　　　　　　□6.DM傳單、海報　□7.書店　□8.廣播(　　　　　)
　　　　　　　　　　　　□9.電子報、edm　□10.其他＿＿＿＿＿

5.您喜歡本書的原因：□1.作者　□2.書名　□3.內容　□4.封面設計　□5.其他

6.您不喜歡本書的原因：□1.作者　□2.書名　□3.內容　□4.封面設計　□5.其他

7.您希望得知的出版訊息：□1.青少年讀物　□2.兒童讀物　□3.親子叢書
　　　　　　　　　　　　□4.教師充電系列　□5.其他

8.您覺得本書的價格：□1.偏高　□2.合理　□3.偏低

9.讀完本書後您覺得：□1.很有收穫　□2.有收穫　□3.收穫不多　□4.沒收穫

10.敬請推薦親友，共同加入我們的閱讀計畫，我們將適時寄送相關書訊，以豐富書香與心
　　靈的空間：
(1)姓名＿＿＿＿＿e-mail＿＿＿＿＿電話＿＿＿＿
(2)姓名＿＿＿＿＿e-mail＿＿＿＿＿電話＿＿＿＿
(3)姓名＿＿＿＿＿e-mail＿＿＿＿＿電話＿＿＿＿

11.您對本書或本公司的建議：

10045　台北市重慶南路一段66-1號3樓

幼獅文化事業股份有限公司

客服專線：02-23112832分機208　傳真：02-23115368

e-mail：customer@youth.com.tw

幼獅樂讀網http：//www.youth.com.tw